KB113094

사과 얼마예요

# 사과 얼마예요

**조정인 시집**

민음의 시

257

민음사

말은 깃든다. 비쳐 든다. 말들은 스스로 가냘픈 질서를 세우고 연합한다. 그리고 태어나는 문장들. 어떤 문장은 그 자신의 기쁨으로 숭어처럼 솟구친다.

말의 염료를 구하러 온 눈먼 염색공……. 문장이 지나간다.

누구라도 자신만의 고독한 성소가 있다. 심지어 짐승조차도. 그곳은 상처를 핥기 좋은 곳. 다시 들판이다. 들은 작은 것들의 글썽이는 입법으로 지속된다. 이곳에서 최대 토템은 구름이다.

내 어머니께 이 시집을 바친다. 매사에 굼뜬 나에게 생전의 엄마는 그러셨다. 이것아, 망건 쓰다 장, 파하겠다.

2019년 6월
조정인

# 차례

## 1부 페이지들

## 2부 흙을 쥐고 걸었다

## 3부  화병의 둘레

4부  Angel in us

# 1부
## 페이지들

— 고독의 흰 목을 드러내는 방식으로 신은 말을 발명했다.

# 키스

그때, 나는 황홀이라는 집 한 채였다

램프를 들어 붉은 반점이 어룽거리는 문장을 비췄다 인화성이 강한 두 개의 연료통이 엎어지고 하나의 기술이 탄생했다 두 점, 퍼들대는 얼룩은 일치된 의지로 서로에게 스미었다 무풍지대에서도 불꽃은 기류를 탔다 불꽃은 불꽃을 집어삼키며 합체됐다 불꽃 형상을 한 혀에 관한 속설이 꿈속에서 이루어졌다 한 줄, 문장이 타올랐다 나는 심연처럼 깊게 타르처럼 고요하게 끓을 것이다

# 함박눈이 내리기 때문입니다

리스본의 당신은 여전히
오늘의 눈송이가 불어오는 곳.

어떤 필자는 부지불식간 독자를 불러 세운다. 바닥없는,
젖은 손바닥을
목덜미에 놓는다.

책을 읽다가 한 페이지를 깊숙이 접게 되는 거기, 한 단
락 문장이
검은 탕약처럼 엎질러져 있는 경우.

발 없이 방으로 들어서서 없는 손가락으로 머리칼을 귀
뒤로 넘겨 주고
혀 없이 혀를 감는, 환하게 불 켜진 심장으로 아득히
초원이 펼쳐지고, 흰 망초 무리가 들어서는

문장이 하는 이런 일들.

그날 밤, 책의 한 페이지를 깊게 접은 나는 책을 떠나 창가 쪽으로 갔다.

한 세기 전에 죽은 자가 한 말은 놀랍게도 어느 봄날, 당신이

고백의 휘발성에 대해 흘린 말과 일치하고 있었다.

죽은 필자의 영혼은 어떻게 시공을 되돌려 이곳, 익명의 독자에게 돌아와

밤의 밀서를 건넨단 말인가.

백 년과 백 년 사이, 별처럼 총총한 창문들.

그리운, 무수한 당신들이 창가에 있다.

수 세기 바깥 누군가가 한밤의 나를 따라한다. 읽던 책을 덮고

창유리에 이마를 댄다, 두 번, 마른기침을 하고 식탁으로 돌아와 유리컵에

물을 따라 마신다. 그의 등 뒤, 검은 유리창에

흰 눈송이의 소요가 떠오르다 가라앉는다.

마치 오늘 내가 배회하던 문장들의 혼령인 듯.

# 입들

홍로가 들어갔다. 매장에는 새로 어리둥절한 사과가 진열됐다. 다른 사과는 내 취향이 아니다. 그래도 사과가 아닌가. 사과를 한 입 베어 물었다. 온몸으로 구강인 사과가 몰려온다. 사과들의 식욕을 누가 다 감당하랴. 일만 헥타르의 초원과 석양, 일만 톤의 편서풍과 폭설, 일만 톤의 우기와 건기를 먹어 치우는, 일만 파운드의 산책자의 뇌를, 일만 페이지의 구약에서 신약을 곧장 먹어 치운 사과의 소화기관은 얼마나 유구한가. 그중에 하느님의 물병이 흘린 새벽이슬을 선호한 사과의 취향을 나는 경배한다. 이슬 속엔 그해, 실과의 단맛을 결정하는 별의 성분이 있다. 사과가 사과인 사과는 조금 억울하다. 사과라는 천진한 장르에 대해 근엄하게 접근한, 부록 쓰는 일로 그 늙은 학자는 오늘 아침 생을 마감했다. 그는 일생, 사과라는 텅 빈 구멍만을 들여다보다가 신경질적으로 사과를 닮았다. 그러고 보니 축사라는 이름의, 사뭇 점잖은 사과들이 몰려오는 계절이다. 어제는 두개골만 들고 나온 사과 a와 식사 자리를 가졌다. 나머지 사과들은 그의 열렸다 닫히는 구강만을 바라보았다. 그의 구취는 너무 쉽게 그의 취향을 들키고 있었다, 그의 난간에 간신히 기대어.

# 페이지들

생활 바깥으로 나가 생활을 간섭하는,

죽은 적 없이 죽음의 내용을 출력하는, 삶과 죽음의 얼굴 각도와

의상 패턴을 끝없이 바꿔 가며 재배열하는,


창문에 기댄 그, 그녀들의 사소한 감정의 미풍과 회오리가

먼 올리브 잎사귀를 흔들다가 해변의 검은 모래밭을 휩쓸고 지나가는,

오타발로의 눈먼 샤먼 기도 소리가 소나기처럼 들이치는,

신의 폐허와 신생이 번갈아 출몰하는,

고대인의 깨진 잠에서 빠져나온 그림자들이 도서관 열람실을

치렁치렁 배회하는, 혹간 그들의 어둑한 음성이 들려오는,

늙은 수학자의 호주머니에 뒤척이는 에우클레이데스의 돌멩이와

양서류와 식물들의 혼이 일렁이는 허수의 꿈을,

사막수도원의 긴 회랑이 소실점 바깥으로 하염없이 이어지는,

폐가의 마룻장에 내려앉은 먼지와 이제 막 도착한 햇
살을,
그곳 깨어진 창유리에도 어김없이 분배되는 아침과 저
녁을,
테두리도 중심도 시제도 없는 대평원의 흑암을,
그곳에서 발송된 봄날 아지랑이 아련한 흔들림을,
한 송이 꽃을, 꽃 속에 부서지는 일만 파도를,

낱장으로 재단해서 차곡차곡 묶은 이것을 누가
책이라 했나

모든 불가능이 적힌 신의 완강한 주먹을 펴려는
무례한
불굴을,

엎질러진 밤의 검은 포도주에 다 젖어
농담처럼 뭉개진

## 눈의 다른 이름들

사슴이다.

벽에 바짝 붙인 침대를 가로질러 관이 있는 짐승이 나
를 굽어보고 있었다. 숲속
먼 짐승이 어떻게 이 낮은 데를 찾았을까 벽을 뚫고 머
릴 드민 그를 올려다보며
자세와 상황 어디쯤에 처한, 엉겁결의 나는

차츰, 젖은 나뭇가지 연녹색 감정에 기우는 기분이 되
었다

방을 가로질러 사라지는 그를 쫓아 몸을 일으키려다 그
만둔 나에게
몸의 내륙 가장 고적한 곳에서 눈이 내리고
가마득히 먼 데서 벌판이 왔다

눈 내리는 벌판이 된 나는 종일을 누워 있었다

벌판 끝엔

소금기둥처럼 흰 자작나무 군락에 물 들어오는 소리 골
똘하게 이어졌다


그는 문밖을 지나가다 들린 나의 근친 담벼락 아래 새벽
숫눈이
구름으로 살던, 먼…… 공중 기억을 불러 빚은 이상한
천사


천사는 태어나면서부터 나뭇가지와 뿔, 벌판을 애호했
다 숨 쉬는 눈
다 셀 수 없이 몸을 갈아입는


눈의 다른 이름들


그날 길가 쪽으로 겨우 창을 낸 문턱 깊은 지하방에 관
높은 짐승이
다녀간 이후


땅속을 흐르는 어둡거나 환한 구름이 자작나무로 솟는

문법 쪽으로 자주

　몸이 기울었다 일테면 근육과 표정을 갖춘 훌륭한 법,

쾌활한 하늘이

　담장 위에 뛰어내려 경중경중 장미를 내놓는 일 같은

사과는 깜짝 놀라 저도 모르는 두 손을 꺼내 부
푼 스커트를 눌렀다


　온 힘으로 난간인

　노출된

　고독.

　마릴린 먼로라는 눈부신 결함이

　흰 깃털처럼 흩날리던

　어느
　바람 부는 날.

# 나무가 오고 있다


나무의 월식 지나 우리는 겨울을 통과했다


나무의 내륙으로 물 들어오는 소리 아득한 잔설의 날들
을 지나
기억의 잠복기를 마친 나무의 미열을 누군가 꽃이라 했
다 우레의
마른 울음이 꽃눈에 닿기 직전, 날개를 퍼덕여 착지한
흰빛에서 태어나
점차 분홍으로 접어든 시간을 벚꽃이라 했다


봄날의 대부분을 나무에 기대 보냈다 나무는 방금 도착
한 연푸른 저녁을
흐린 오후에 잇대는 일을 묵묵히 수행해 갔다 그것은 망
각 속으로 흘러든
기억의 회로를 제 몸에 새기는 일 나이테를 되돌리면 현
악 사중주의
음색이 느리게 풀렸다


나무가 저마다의 망각 안에 환하게 깨어 불타는 4월

꽃 핀 나무 아래 꽃불을 쬐며

기다림도 없이, 전생의 한때 같은 꽃그늘에 묻히곤 했다
사슴처럼 향기롭고
뱀처럼 슬픈 한 시절을 실은 흰 운구가 나를 돌아 나
갔다

나무는 그때 초신성을 겪는 한 그루 늙은 별

오늘은 벚나무 한 그루를 보내고 왔다 망각을 되짚어가
려는 듯
스스로 일으킨 폭설 속으로 멀어지는 나무 이 거리는
도열해 있는
가로수의 기억과 망각의 힘으로 계절이 발생한다

저기, 서쪽을 데리고 또 한 나무가 오고 있다 행려환자
처럼 절뚝이며
혹독한 기다림으로 가슴 절반이 사라진 나무

# 백 년 너머, 우체국

유리잔이 금 가는 소릴 낼 때, 유리의 일이
나는 아팠으므로

이마에서 콧날을 지나 사선으로 금이 그어지며 우주에
얼굴이 생겼다 그것은 이미 시작되고 있던 일

그의 무심이 정면으로 날아든 돌맹이 같던 날, 내가 감
당할 수 없는 뜨거운 물이 부어지며 길게 금 가는 유리잔
이던 날

그곳으로부터 시작된 질문: 영혼은 찢어지는 물성인가
금 가고 깨어지는 물성인가, 하는 물음 사이

명자나무가 불타오르고
유리의 일과 나 사이 4월은 한 움큼, 으깨진 명자꽃잎을
손에 쥐어 주었다

나에게 붉은 손바닥이 생길 때 우주에는 무슨 일이 생
기는 걸까

12월로 이동한 구름들이 연일 함박눈을 쏟아 냈다 유리병 가득 눈송이를 담은 나는 자욱한 눈발을 헤치고 백 년 너머, 눈에 묻힌 우체국 낡은 문을 밀었다 창구에는 표정 없는 설인들이 앉았는데

　나에게는 달리 찾는 주소가 없고 우주는 하얗게 휘발 중이다

# 책이 왔다

꿈속에 그 책은 홀로 불붙고 있었다. 이것은
머리맡 책의 꿈을 엿본 일.

아무 데나 펼친 책장 하단에 이런 문장이 있다.
— *베다의 노래가 울려 퍼진다.*[*]

한 줄 문장이 잠의 베일을 걷고 나를 바라보았다. 문장
은 맑은 금빛으로
타오르기 시작했다. 그것은 창세기보다 먼, 어느 망각기
의 들판에
내가 흘리고 온 언어의 꽃가지.

고독의 흰 목을 드러내는 방식으로 신은 말을 발명했다.
그의 떨리는 성대에서 싹튼
첫, 발성으로부터 말은 나를 꿈꾸고 예감하고 나를 수소
문해 오고
있었다. 누구라도, 세상이 같은 말을 쓰던 단순하고 아
름다운 기원에서 온
빛의 낱말들을 쓰는 시절이 있지만 이내, 언어의 슬픈

살점들이 고함을 치며

모였다가 흩어지는 바벨의 붕괴를 맞게 된다.


고립이 참혹한 인간은 책을 발명했다.


화살이 꽂힌 채 달리는 사슴을 지나, 그의 건조된 피와
눈물을 딛고

기원전에 죽은 내 귓속, 서걱거리는 파피루스 강안(江岸)
물안개 지나

밤의 창문에 담긴, 쓰는 자들의 불면과 불면에서 뻗어
나온 움직이는 뿌리 같은

열 손가락의 열애에서 태어나, 나를 향해 양 날개를 퍼
덕여 오고 있는

그리고 지금 내 앞에 고요히 날개를 접어 숨을 고르는
책.


그날 이후, 나는 유전을 봐 둔 아라비아 상인처럼 책 바
깥으로 나가

책의 꿈을 들여다보는 일로 봄날을 보냈다. 문득문득 이

팝나무 흰 꽃가지가

　바람결에 내미는 뒤척이는 문장들. 도처에 베다의 노래
가 흘러넘쳤다.

* "나무속에서 순환하던 물이 마침내 이파리로 피어나는 모습을 '베다의
　노래'가 울려 퍼진다고 불렀다.", 김재성, 『미로, 길의 인문학』(글항아리,
　2016)

# 사과 얼마예요

사과는 사실 전적으로 서쪽입니다 사과 속에 화르르 넘어가는 석양, 석양에 물든 맛있는 책장들 산산이 부서지는 새 떼 산소통이 넘어지고 쏟아지는 바람 호루라기 소리 길게, 길게 풀리는 붕대 그리고 구토, 촛불이 타오르는 유리창 당신의 우는 얼굴이 엎질러집니다 시럽이 흐르는 접시들을 누가 난장으로 던집니까 안개의 표정으로 몽롱해지는, 긴 손가락 사이 담배 연기 욕조 속의 정사는 어땠습니까 여자의 검정 유두에 묻은 흰 구름이 정오를 지나갑니다 뒹굴뒹굴 북회귀선을 넘어가는 태양의 휠체어 인류라는 무정형의 얼굴에 던져진 원죄의 돌멩이 픽! 칼날이 지나가는 북반구 당신은 여전히 한 입 베어 먹은 사과를 선호합니까? 사과 아닌 사과도 없지만 사과인 사과는 더욱 없지요 서쪽 아닌 서쪽도 없지만 서쪽인 서쪽은 더욱 없는 것처럼 봉쇄된 우물…… 적막이지요 온몸이 커튼인 깜깜한 밤이 저기 옵니다 덜컥이는 틀니 아니, 사과 얼마죠?

## 모과의 위치

그 윗가지 그 옆 가지 그 아래 가지에 문득문득 새처럼
날아 앉은
　푸른 모과들

깃 치는 소리 낮게, 더 낮게 내려앉은 모과는 지금 스스
로 벅차오르는
　기쁨의 위치

사물이 지닌 기쁨의 흘수선을 파드득 치고 날아오르는
조무래기 천사
　발꿈치를 쫓다가 놓치고 들어온 이후

잎사귀 사이 모과는 아무 일 없었다는 듯 모과 쪽으로
얼굴을 돌려
　모과만을 보여 주었다 풀밭에 내려앉은 까치가 호젓한
하느님에서
　훌쩍, 까치 쪽으로 건너뛴 이후처럼

선반 위의 퉁명한 모과는 어느 날 불쑥, 한 덩어리 의혹을

내밀며
　갈색 반점으로 뒤덮인 살덩이 쪽으로 옮겨 앉는다


　지층의 그늘을 표면으로 다 우려낸 지상의 마지막 얼굴
같은 모과는 지금
　갈애를 품은 심장의 위치 또 어느 날의 모과는 요절한
시인의 초상처럼
　외로 기울어 너머의 시간을 다 이해한다는 식인데


　한 고요가 한 고요에게 건너오는 이 수평적 평온은 어
디서 오나


　눈 쌓인 나목 그 윗가지 그 옆 가지 아래 가지에
　빛이 싹트는 방향, 모과의 동쪽이 벌써 와 있다

# 소환되는 비

베일처럼 불어오는 비

책갈피에서 다섯 장의 침묵이 한꺼번에 툭, 떨어졌다

당신은 그때, 파밭을 지나가는 은빛 소낙비 나는 도심의
쇼핑몰 에스컬레이터를
내려오는 천사에 대해 아느냐고 물었다 기억의 갠지스로
부터 우리는
서로의 물고기를 불러 어항에 풀었다

둘 사이, 감정의 물기가 생긴 지점에서 세상의 일기는
시작되었다 물기가 물기를 불러 천천히 무게를 가지며
돋아난
빗방울들은 그날의 말이 되었다 빛나는 것들의 일생은
그러나
얼마나 짧은가

창밖엔 우리가 지녔던 낮은 말들로 추적이는 비

어떤 경우, 빗소리의 안쪽보다 고요한 예배소도 없다 그
곳에서 당신이 보내온

신 포도주에 입술을 적시며 우리의 신분이 품계에는 없
는 외로운 천사인 걸

기억했다 그 방 대형 거울 속에 이상한 서술의 외줄 타
기를 하는 나와

찢어진 날개를 깁는 당신 뒷등이 보였다

쇠


깊은 밤,


칼을 치우다 치명적으로 고독한 몸뚱어리에 손을 대고
말았다


그는 별들의 연안을 떠나온 어족(魚族)일지 모른다 싱크
대 서랍에는
검은 고독에 흰 고독을 부어 주조한 회백색 합금 영혼
이 몇, 더 있다


고백해 봐, 네 찬 몸뚱어리가 숨긴 영혼의 담즙을


너는 녹슬 수도 없는 너를 벗고 싶다, 목구멍에 걸려 소
란한
어제의 규격과 책무를 뱉고 싶다 너는 지금 칼날로 벼
려진
네가 많이 아프다


지상의 무른 것들이 옆구리를 내주며 모로 쓰러지는 곳

에서 너는, *네 안의 머나먼 광물을 향해 날카롭게 울부짖지 않았던가 혼자서 감당 못하겠는*
　견고한 고독과 거세된 사랑을

　골조와 외곽을 견뎌야 하는 아비의 삼엄한 세계를

　어둠의 지층에 쇠의 영혼이 흐르고 있다 천지창조 셋째
날, 홀로
　생각의 해일 속을 거닐던 신의 위험한 상상이 방류한
　질료들의 맏이

　쇠를 심어 놓고 부레 벌떡이는 물고기를 기다리는 자폐
의 날들
　그날, 차갑게 제련된 침묵의 기질에 손을 대고 말았다
　쇠락을 꿈꾸는 어느 먼 별빛에

# 적(寂)


늙은 감나무는 발등을 넘어가는 연두색 애벌레에 집중
한다

아무 일 없는 봄날, 커다란 눈물방울 속인 듯

문득, 고개 들어 건너편 고요와 눈 맞추는 어린벌레를
본 적 있는지?
나무 안에 둥그렇게 번지는 종소리를 들은 적 있는지?

집이 바닥 모를 심연에 닻을 내린 선박처럼
고요에 집중할 때

# 2부
# 흙을 쥐고 걸었다

— 거대한 아버지의 희미한 기억으로부터 불어온
나의 상심한 애인들, 재의 꽃잎들.

# 진흙은 아프다

칭얼칭얼 퇴행하는 귀찮은 천사 다 지나쳐서야 걸려 넘어지는 돌무더기

돌본다는 건 내 오른쪽이 그의 왼쪽을 감당하여 한 몸이 되는 것 나는 무시로
곁을 치웠네, 심지어 털어 냈네

쓰라린 후회는 언제나 나의 몫
당신의 불쑥 솟은 외곬을 향해 힘껏 던진 사과 벌겋게 부어오른
사과들이 일제히 몸을 돌려 날아드는 밤

그날 낮에는 그렇게, 천사 한 분 택시를 태워 떠나보냈는데

자정 지난 빈 거실, 당신은 여전히 티브이를 켜 둔 채 헝겊인형처럼
소파에 가라앉아 고개를 꾸벅이네, 어두운 드라마 어디쯤 출구를 찾아

한 세기 전으로 이어진 복도를 더듬으시나

발톱을 깎아 주다 벤 굳은살에서 새어 나온 피 안방에
서 화장실로
화장실에서 다시 거실로 비틀비틀 이어진 붉은 궤적

그이를 닦는 데 온밤을 다 썼네 남은 생의 양동이 물을
들이부어도
가시지 않을, 육친이라는 말의 비린내 진흙에 피를 이겨
쓴 한 줄 문장을
통과하는 캄캄한 시간 진흙은 아프고 피 섞인 진흙은
더 많이 아프네

엄마 어디 가시나, 스윽 스윽 가지 부러진 검은 사과나
무를 끌며 여전히
귓속, 좁고 긴 복도를 지나 저만치 골목 입구에 기다리는
등 굽은 슬픔

# 내 잠 속에 기숙하는 자
—소년병


발생하는 장소들: 꿈속 빈집은 저벅이는 발소리를 두고 간다. 어떤 복도는 여전히 동전이 구른다. 그날은 가 본 적 없는 타지마할이 왔었다.

밤의 거대한 피아노가 닫힌 채 울고 있는 묘역. 묘지 안쪽엔 산 자와 죽은 자들이 건반들처럼 나란히 누워 있었다. 죽은 자가 뒤척일 때, 산 자의 관절들이 희미하게 울었다. 한 소년이 나를 물끄러미 내려다보았다.

이름이 뭐니? 그러나 이곳은 이름의 세계가 아니다.

너는 어쩌다 타인의 잠 속에 기숙하는 거니. 피에 젖은 넝마를 걸친 소년의 목에는 낡은 나무십자가 목걸이가 걸려 있다.

우리는 선출된 총알받이. 빗발치는 총탄 사이, 풀썩풀썩 쓰러지는 녀석들 사이, 나는 구멍 난 나를 부축해서 걸었어. 수풀을 헤치며 나아갔어. 개양귀비 핀 길섶에 나를 뉘였어. 눈꺼풀을 쓸어 줬어. 노래를 불러 줬어.

목말라, 배고파, 무섭고 외로워, 숲은 너무 깜깜해. 집에
가고 싶어. 자꾸만 잠이 와. 엄마, 엄마, 엄마…… 소년의 입
에서 붉은 모래가 흘러내렸다. 묘지 안은 없는 엄마로 텅텅
울렸다.

우선 옷을 좀 갈아입을래? 셔츠와 반바지는 흰색이 좋
겠다. 하지만 얘야, 나는 네 엄마가 아니야.

옷을 갈아입은 소년의 흉골 아래 한 홉 맑은 숨이 고였
다. 소년에게서 나비가 날아 나왔다. 보송보송 잘 마른 시
간이 낮게 이마를 스치고 날아갔다. 램프를 들고 나비를
따라갔다. 나비는 타지마할 정원 번쩍이는 수로를 건너갔
다. 정원 곳곳에는 비밀스런 문양처럼 배치된 꽃들.

꽃을 줄까? 꿈속 누군가에게서 꽃을 받아 든 찰나, 나는
눈먼 이슬람사제처럼 늙어 버렸다.

한 잎 한 잎 무량억겁을 더듬는 손끝에서 지난 생의 음

역에선 듯 느린 노래가 흘러나왔다. 나는 한때 숲속, 이름
없는 주검 옆에 핀 보랏빛 개양귀비였다.

　꿈속 어떤 장소는 꽃가지 부러지는 소리와 나무십자가
를 두고 간다. 누군가 흘린 슬리퍼 한 짝을.

## 무성한 북쪽

불가측 그늘의 나라, 부재를 제곱하면 무성해지는 당신
길의 전면으로
　폭설이 들이쳐 상제나비 날아간 방향을 놓치고 마네

　촛대를 들고 허물어진 사원 뒤뜰을 건네 부재의 그림자
일렁이는 돌담장 세 겹, 성근 그늘 귀퉁이를 당겨 불꽃에
사르면 무슨 빛깔 재가 남나

　염료를 구하러 온 눈먼 염색공
　수런거리는 어스름 속으로 나는 스며들어

　차가운 촛농이 발등에 떨어지네, 모든 색들의 불꽃은 메
아리로 흩어져라
　가늘게 떠도는 한숨, 흰빛만 남아

　손끝에 만져지는
　고요를 사른 보드라운 재

　색과 소리, 모든 몸짓과 말의 바탕이던

당신이 두고 간 마지막, 텅 빈 색을 상자에 담아 왔네

떠난 뒤에 무성해지는 사람이 있네, 왼발 엄지발가락 발
톱이 비어
내 안의 검은 악기를 타는

# 조선인

— 진흙 장미 서른 송이

조선인 위안부 학살을 증명하는 영상이 최초로 공개됐다.* 학살 현장 몇 걸음 뒤에서 병사의 카메라는 시간의 가역성에 대해 골똘히 궁리했을 테다.

흙구덩이 속의 알몸들은 서로에게 잇대 엎드려 있다. 죽은 물이 채워진 흐린 수조에 고개를 박고 잠든 자매들, Korean girls. 카메라의 눈이 고스란히 보아 낸 진흙 장미 서른 구. 전쟁의 하구에 쓸려 시취와 풋살내를 동시에 풍기는 흙의 꽃.

조선의 늑골 아래 안치된 시간의 석관엔 입 없는 비명들. 흙이 받아 안은 열 손가락뼈, 왼쪽 광대뼈에서 어깨뼈, 흉골 아래 컴컴하게 지워진 복부와 홀로 초승달이 뜨던 검은 생식기, 왼쪽 대퇴부에서 무릎, 정강이를 지나 복숭아뼈에 이르는 희미한 인체도, 흰 그림자가 수면 위로 떠오르다 가라앉는다.

죽음을 직감하는 건 어떤 공포겠는지, 공포 앞에 무릎 꿇리는 일은…… 순간 확장된, 다시 갈아 끼울 수 없는 두 눈동자와 펴지지 않는 무릎이란.

"살고 싶어요, 살고 싶습니다." 사체의 펄럭이는 성대가 고막을 두드려 오는, 말의 뼛조각을 주워 띄엄띄엄 맞춰 보는 이런 일. 호수(號數)가 너무 큰 어떤 비극에는 선뜻 발을 들여놓지 못한다.

1944년 9월 기록자의 필름엔 터진 창자가 울컥울컥 밀어올린 말의 검은 담즙, 감은 눈꺼풀 아래 번진 갈변된 얼룩, 벗겨진 양말 한 짝. 어느 것 하나 지워지지 않았고 사라지지 않았다.

홑이불 한 장 덮지 못한,

침묵하는 현장.

* 최근 "Night of the 13th the Japs shot 30 Korean girls in the city."라는 내용이 담긴, 미·중 연합군의 문서를 뒷받침하는 19초 분량의 영상 기록이 발견됐다. 일본의 아시아·태평양 전쟁 패전 직전인 1944년 9월 중국 윈난성에서 촬영되었다.(「일본군의 조선인 위안부 학살 영상 있었다」, 《연합뉴스》, 2018. 2. 27.)

# 습(褶)


누가 그이의 잠을 깨워 줘요, 씨앗에 잠든


벌개미취 꽃씨를 붓으로 쓰는 밤, 붓끝에서 흘러나오는
아득한 지평선
　꽃씨 속엔 꽃의 행로를 가는 수레 구르는 소리 간혹 관
뚜껑을 밀어 보는
　미인의 기척


하루라는 대형 전광판에 실시간 명멸하는 실수에 대한
믿음과 의혹 사이
　횡단보도를 건너고 마이너스 불어난 통장을 체크하고
　자판기 커피를 뽑아 들지만


그노시스 검은 수단 자락이 그믐달을 스치고 지날 때,
서랍 속에 곤한
　꽃의 잠을 꺼내 붓으로 쓸지 꽃의 혼 일렁이는 허수의
꿈을


너는 너의 습 너에게로 뛰어들어 너를 취하는 자 너의

재에서 타오르며 너를 꿈꾸지

어둠은 그러므로 우리의 종교 자장자장 나의 아씨 지금
은 커튼을 내리고
너와 나, 친밀 의식을 나누는 때 밤의 진흙을 통과하는
검은 혼례를 치르고 나면
잠의 베일을 걷어 올린 바로 그 지점 펼쳐진 빛의 벌판
에 맑게 서 있을
너

붓끝이 지나가는 물결에 가까운 이 순간

# 기념하는 사람들
— 떠나온 배

여름 물가에서 폐허가 된 옆얼굴을 오래 바라보았네. 이마에 물빛이 번쩍였네. 더운 피의 소요를 다 쏟고, 재의 사제가 된 사람.

재의 수요일. 먼지의 방식에 가담하여 먼지의 첫, 숨에 관한 기억을 더듬으려는 자들이 큰물처럼 모여드네. 먼지들의 잔향이 이마에 와 부딪네. 이마에 재를 받고 돌아와 손끝에 비벼 보는 침묵의 무늬들.

달리는 것만이 저를 사수하는 것인 줄 아는 겁 많은 것들아, 뒹구는 돌멩이야, 비닐봉지를 걷어차며 골목을 지나는 바람아, 자꾸만 생겨나는 바람의 자식들아. 어제는 발 아래서 새끼 고양이 한 마리, 푸시시 꺼지고 있었지. 까맣게 탄 허기를 물고 쓰레기통 옆에서 작은 턱이 굳어 갔었지. 손을 내려다보네. 꽃가루보다 섬세한 숨결이 손가락 사이를 빠져나가네. 드러나는 동시에 사라지는 나의 눈물 고인 것들아. 거대한 아버지의 희미한 기억으로부터 불어온 나의 상심한 애인들, 재의 꽃잎들.

매일매일 죽는, 실패한 아버지를 기념하는 사람들. 부재
가 부어 준 한 됫박 더운 피를 부대에 담고, 가시관을 드높
이 사수하는 자들이 함선에 오르네. 죽은 지 사흘 만에 홀
연히 무덤을 빠져나온 아버지의 방주. 이것은 누구의 기억
으로부터 떠나온 배인지?

# 흙을 쥐고 걸었다

흙덩이에 삽날이 닿아 스적이는 소리에 등이 아팠다 당신인 듯 낯선 망자가 맞는 첫새벽이 멀리서 뒤척였다

죽은 자를 불러내기 좋은
11월 흐린 일기

함부로 헤쳐진 검은 흙구덩이를 지나다 언 흙덩이를 집었다 쥐고 가는 동안 물기가 돌고 따듯해졌다 피붙이만 같아 주먹에 힘이 갔다 흙의 숨이 돌아오고 있다

흙이 부푼다, 깃털처럼 부푼다, 한 줌 흙이 이렇게 떠들썩하다니 흙의 심박 멀리 꽃들이 몰려온다, 나비 펄펄 날아든다, 봄에 하나이며 여럿인 신들은 맨발로 신전을 떠난다

벗나무 밑동에 흙을 놓아 주었다 물고기처럼 미끄럽게 새처럼 파닥이며 손을 떠나는 흙

햇빛 촘촘한 봄날엔 나무에 잠든 어린 신을 깨워 노래하게 하렴 노래의 음절마다 꽃눈이 트면 새들은 갸웃갸웃

질문의 각도로 꽃가지에 내려앉겠지


　흙의 천년 바깥에는 두고 온 연애
　위독했던 연애가 자릴 털고 일어나 몸 추스르는 소
리…… 사붓사붓


　단지, 주먹 속에서 이루어진 수 세기 시간의 가역 그슬
린 곡식 이삭을 비벼 입에 털고 칡뿌리를 씹으며 부랑하던
시절 시구문 밖 뒹구는 처자를 바로 뉘고 눈꺼풀을 쓸고
술을 뿌리고 윗옷을 벗어 덮어 주고 떠나온,


　연민하는 도구로 손이 있던 곳


　손바닥 가득 망자의 젖은 눈꺼풀을 쓸던 기억을 가진
사람 흉골 안쪽엔 붉은 묘혈이 있다

## 정육

인간의 식탁으로 흘러든 외딴
섬

이 돌출된 고독의
물질적 계량은
600그램
사라진 면류관을 눌러 쓴
사라진 인칭이
사라진 눈꺼풀을 내려 뜨고
냉동실에서 끌려 나왔다
목숨을 꾸역꾸역 궁리하던 걸음걸이로
망각의 단칸방에 든
식물보다 깊은 잠이
끌려 나왔다
벌거벗은 무인칭이 당황하여
사라진 두 날개를 꺼내
사라진 면상을 감싼다
사라진 입술로
사라진 뺨을 실룩대며

붉고 묽은

얼룩을 흘린다

말의 발원지로부터 떠나온

낮고 낮은 음성이

홍건하게 고이는

이상한 한낮

## 창밖을 내다보는 사람

눈 내리는 날, 창밖을 내다보는 당신은 흉중에 벌판을
가졌다

희미한 발설처럼 감염의 예후처럼 흐리게 날리는 눈송
이로부터
한 줄 문장이 오고 오후 3시 근처
잿빛 하늘이 크게 깃을 쳤다

눈이 내린다, 창과 창 사이 사실은 창문들이 내린다
벌판과 벌판 사이

빈 것과 가득한 것, 닿을 수 없는 먼 데와 손끝에 닿으
면서 사라지는
거리가 동시에 출력되는 움직이는 페이지

손을 내밀어 눈을 받는 너는 손끝에 닿는 별의 거리를
이해하는 사람
히아신스와 수선화를 꿈꾸는 별 순록과 새끼 고라니를
버들치와 해마를 꿈꾸는 별들을 차례로 두드리는

소리 내지 않는 나무망치를 가졌다

문장들이 몰려오는, 저 자욱한 백색은 얼마나 깊은 소
리의
늪인가 바람조차 상자에 담긴 공중처럼 바닥에 몸을 뉘
었다

읽고 있던 창문을 놓쳤다 툭, 너는 또 너를 떨어트린 채
백색에
잠겼다 망치도 벌판도 별들도 익명과 깊이만 있는
흰 늪에 잠겼다 공중에 잠겼다

침묵의 깃털들이 성글게 공중을 쓴다, 흐릿흐릿 지워지
는 문체로

# 개의 영혼을 보았다

구름이 함박눈을 쏟아 낼 때의 감정이라 적는다.

너를 안고 집을 나섰다. 우리가 걷던 산책길을 보여 주고
싶었다. 비가 뿌렸다. 우산 위로 빗방울이 떨어졌다. 동그란,
아직은 따스한 네 머리에 입술을 얹었다. 빗방울이 입술에
스몄다. 흐리게 하늘이 끼어든다. 너는 미세하게 기운다. 빗
방울 하나의 번짐보다 옅은 숨을 나는 받는다. 턱밑에 다가
온 죽음의 기미를 내 왼쪽 가슴이 다 받는다.

(어두운 거리에서 네가 오고 며칠 후, 꿈이었다. 목 아
래로 석고를 입은 작은 개가 집으로 들어왔다. 절름거리는
걸음의 기울기까지 너를 빼닮은 갈색 개, 아니, 너였다. 꿈
이편의 너는, 대문을 들어서는 저편의 너를 절름절름 돌
며, 핥으며, 반색했다. 생명의 격발: 너는 그때 활활 타오르
는 금빛 불꽃이었다. 나는 저편의 너를 무릎에 올리고 석
고를 뜯어냈다. 미끌미끌한 몸뚱이가 만져졌다. 너를 안고
들어간 부엌엔 더운 물이 넘쳤다. 손으로 물을 받아 바싹
마른 주둥이에 대 주자 달콤한 물이 전신에 번졌다. 너를
씻겼다. 깨끗해진 콧구멍으로 훈훈한 공기가 들락거렸다.

흰 타월에 싸여 나를 올려다보는, 네 두 눈에 천국이 고여 있다. 꿈의 스크린에 비친 나는, 너를 만난 첫날을 재현하고 있었다. 하나 속으로 사라진 둘, 둘 속으로 사라진 하나. 너 또한 이 일의 전후를 고스란히 느끼고 있었다. 고작한 마리 개인 네가 얼마나 기쁜 영혼일 수 있는지를 알려오던 밤.)

한 영혼이 다른 하나에게 다다르려면 어떤 경로를 거쳐야 했나. 인간의 침대에서 인간의 옆구리에 코를 묻고 잠들며, 너는 존재의 평등을 나누는 기분이었나. 아주 걸을 수 없게 된 두 해 동안, 너는 늘 내 왼쪽 가슴에 안겨 산책을 나갔다. 간혹 고개를 들어 나를 올려다보던, 두 눈에 고인 천국이 가만가만 나를 흔들고는 했다.

재촉하는 걸음으로 산책에서 돌아왔을 때, 너는, 내 셔츠 자락에 마지막 온기를 쏟고 느리게 고개를 떨어뜨렸다. 너를 씻긴다. 첫날에 그랬듯 꿈속에 그랬듯 너를 씻긴다. 늘어뜨린 목을 손바닥에 곱다랗게 받쳐, 씻긴다. 잘 가라. 나의 부서질 듯 쇠잔한 작은 개. 시야 가득 재의 꽃잎이 흩

날리는 하오 4시 30분. 안에선 듯 밖에선 듯 세차게 종이
울었다.

# 새가 태어나는 장소

어제로부터 더 먼 어제로부터 어쩌면 어느 먼, 별로부터
흙 한 덩이 날아왔지

해안선을 따라 걷던 심심한 나에게 붉은 흙, 한 덩이를
던져 놓고
그대는 돌연 한랭전선 푸른 기단에 몸을 실어 펄럭펄럭
멀어져 갔지

그날 내가 받아 온 건 한 덩이 불안 해수면에 반짝이던
물거울 한 조각

얼굴 없는 불안에게 팔베개를 베어 주고 자장가를 불러
줬지 젖을
물렸지 한 덩이 불안에 습기가 돌고 온기가 돌았지 피가
돌았지

어지러워, 어지러워, 흙에 스며든 초원의 빛
한 덩이 흙에도 봄은 왔지

물거울에 담아 온 물의 말들이 쑥쑥 자라 국지성 호우경
보가 내려지고
　노랗게 여윈 봄이 자꾸 수선화를 발설하던 날

　한 덩이 불안이 응아, 팔다리를 휘저으며 울음을 터뜨
렸지
　불안도 오래 어루만지면 혼이 깃들지 눈을 맞추고 웃기
도 하지
　미소가 얼마나 먼 데서 온 별빛인지 그대가 알까

　맨발로, 뜨거운 사막을 다 건너면 푸른 운하를 만날 거
라 풍문으로 들었지

　발가숭이 불안을 물가로 데려가 세례식을 치렀지 '안드
로메다의 봄'이라
　이름을 주었지 그때, 시야 가득 연푸른 노트 낱장들이
펄럭펄럭 날아들었지

　어제로부터 더 먼 어제로부터 떠나온 그대의 기록들과

함께 나는

　그곳으로부터 높이 날아올랐지


　안드로메다의 봄을 기억하는 새에게 안드로메다의 봄은
벌써 와 있었지

## 서쪽

어느 날의 눈물에선 여치가 울고 어떤 눈물에선 부식된 납 냄새가 났다

흉곽 안쪽 달그락거리는 눈물을 수습해서 잠든 날은 잠의 맨바닥에
동전 한 움큼을 품고 웅크린 걸인 여자가 보였다

새벽엔 비가 와서 추웠고 어깨까지 모포를 끌어올렸다 맑은 멸치 국물에 만
국수 그릇을 앞에 놓고 성근 스웨터 같은 사람하고 마주 앉고 싶었다 맑다는 건
허기의 다른 기분 허기를 뒤집으면 위기가 튀어나오므로 패를 눌러두는데
목젖을 밀고 울음의 구근이 아프게 불거졌다

울음의 촛대를 어디 가서 꺼낼까 촛대 끝 펄럭이는 꽃숭어리를 어디 가서
따 담을까

발생된 풍경


　숲이 돌발적으로 빛났다 석양에 물들어 붉은 금빛을 띤 갈잎들이 들불처럼
　번져 있다 영문 모를 금화 한 닢이 놓인 걸인의 접시처럼 휘둥그렇게
　사방을 둘러보는 여자


　숲속 빈 벤치엔 누군가 방금 일어선 자리 같은 환한 온기
　숲 안쪽이 가만히 밝았다 몸속을 일렁이던 울음의 그림자가 데려온
　서쪽이 셔츠에 번져 있다


　새벽 찬비에 씻긴 낙엽 냄새가 콧구멍을 흘러들어 흉곽 안쪽에 깨끗한
　방 한 칸을 들였다 방엔 나무 의자가 하나 어디서 보내온 걸까
　의자 위엔 석양보다 붉은 스웨터가 놓였다

# 검은 시간 흰 시간

사과 깎는 밤이다 사각사각

소리의 손톱들이 구석으로 몰려가 다족류로 흩어지는 밤

한때 자귀나무 분홍 꽃술이었을지 모를 지네에 대해 편견이 여전한 화법들은 휴지통에 쓸어 넣는다

종(種)의 건반과 건반 사이, 휴면과 활성 사이, 질료들의 검은 블록과 흰 블록 사이, 시간의 림프액이 푸들거렸다

그때, 무영등이 밝혀진 수술실 소독거즈 위에 놓인 핀셋은 은빛으로 빛났는데, 그것은 그의 권리인데, 나는 냉동물고기가 되어 백색 얼음 바다 해저 수만 마일 아래로 잠입해 갔는데

낮게 슬리퍼 끄는 소리 수술 기구 부딪는 소리…… 소리의 점묘들이 아득히 흩어져 흰꼬리부전나비 한 마리 날아갔는데

그리고 암전. 검은 시간이 얼굴을 덮쳤다.

# 갓 구운 크루아상에 대해

예감이 몹시 좋은

오늘 같은 날. 이런 상상은 어떻습니까. 아침에 새로 발가락을 내민 선인장은 천년 바깥 저곳, 현무암의 깊은 잠이 불러낸 꿈이라는 상상. 백 년 전, 그가 외면한 문장들이 꿈속에 눈발로 내릴 때, 첫눈이네? 말하려는데 잠에서 깨는 일. 그대로 감고 있는 눈 속에 차갑고 슬픈 음악이 흩날리는 일. 그것이 벌써 삼천 년 바깥, 배두인 마을 양치기 소년의 휘파람으로부터 싹 터온 일이라는 상상. 시간은 국지성 호우처럼 집중적으로 혹은 건기의 빗방울처럼 희박하게 발생한다는 상상. 일테면, 우후죽순이란 비가 두고 간 빈 란에서 쑥쑥 자라는 시간의 환호작약.

그가 처음부터 침묵의 검정 빵을 던져 준 건 아니었죠. 처음부터 냉담이라는 벽돌만 굽는 벽돌공인 건 아니었어요. 그가 두고 간 빈 란엔, 자괴와 초조라는 검고 신 열매만 맺는 어두운 관목 한 그루. 초조는 기도의 다른 맛 다른 기분. 기도의 빈 란엔 키가 껑충한 기린 한 마리. 기린이 내다보는 저만치라는 빈 란에 발생 직전, 음악의 예후가 들썩입니다. 7센티미터 강화 유리의 아침에 균열이 생기고, 전화벨이 울고, 잿빛 하늘이 겨드랑이를 쳐듭니다. 문밖에 함박눈을 몰고 그가 문득, 와 있습니다. 모자를 벗어 어깨에 내려앉은 시간의 꽃잎들을 탁탁 텁니다. 왼손엔 블루넌한 병과 갓 구운 크루아상이 담긴 바구니. 일테면 천 마일 바깥, 포도원의 '환호'와 밀밭의 '작약'이 들려 있군요.

# 부서진 시간

(라파엘이 슬픈 꿈을 꾸는지 흐느껴 운다. 개의 영혼이 낮의 일을 기억하는 개를 달래며 천천히 눈물을 핥아 준다.)

#1

나는 두 겹, 검은 비닐봉지에 싸였다. 엘리베이터를 타고 내려가는 동안 푸드득푸드득 발버둥도 쳐 보았다. 여자는 고개를 외로 하고 젖은 쓰레기인양 나를 멀찍이 치켜들고 지하 주차장으로 내려갔다. 차에 시동이 걸리고 얼마 후, 나는 곧장 어딘가에 던져졌다.

다만 사랑하는 습성을 가지고 태어난 짐승. 혈관에 미친 바람이 불 때면, 차문이 열리고 어둠 속으로 던져지던 깜깜한 기억을 좇아…… 타이어 냄새를 더듬어…… 심장이 터질 듯…… 내달렸다. 그런 밤이면 허공을 향해 창자처럼 긴 울음을 울고는 했다. 물 한 모금 없는 거리. 나는 지쳤다. 그리움이니, 외로움이니, 허기니 하는 귀찮은 거 따돌리는 데 한생이 걸렸다. 이제 나는 짐승이라는 철창을 부수고 환하게 열리는 중이다. 오랜 고립에서 놓여나 개의 시간

바깥으로 뛰쳐나가는 중이다. 주검은 외출 중이고 나는 열망한다. 다시는 무엇으로도 태어나지 말기를.

#2

운전자의 백미러 속으로 흘깃 들어섰다가 지워진 흰 얼룩. 녀석이 치명적으로 고독했던 몸뚱이를 거기, 흘리고 말았다. 사건의 실종 뒤에는 붉은 침묵만이 번져 있을 뿐. 속도의 직구가 파고든 녀석의 옆구리는 활짝 열려 있다. 한 바구니 붉고 따뜻한 장기를 품었던, 대책 없이 물컹한.

개 한 마리 방향의 미열을 따라 길을 건넜을 것인데, 길 건너를 향해 막막한 걸음을 떼었을 것인데, 길 건너는 검은 미궁이 되고 있었다. 낭패로군. 녀석이 부서진 개의 둘레를 돌며 습관적으로 벌어진 상처를 핥다가 아직 온기가 남은 주검 속으로 들어가 비스듬히 눕는다. 모든 게 아늑하고 단출해졌다. 저의 가장 나중에 깃들어……

# 쇠의 울음을 불러낸 남자

쇠가 울음을 낳다니, 그는 쇠의 울음을 받아 낸 사람. 그가 징채를 들어 수평으로 짧게, 징을 두드린다.

쇠가 운다.

복판에서 시작된 진동의 결이 둥글게 여진을 밀어 내며 터뜨린 첫, 울음

이후 두셋 음역이 겹쳐지며 귓속에서 소리의 겹꽃이 피어나는 순간, 그가 모질게도 꽃숭어리째 첨벙, 물에 담근다. 쇠의 울음을 틀어막는다.

끓어넘친 울음의 반동이 폭발적으로 물방울왕관을 치켜든다. 크고 작은 파동에 따라 동시적으로, 물의 피막을 입는 소리들. 소리와 물방울이 활짝, 한 얼굴이다.

소리의 비등점을 찾아 쇠를 펴는 일은 어떤 일인가. 그가 다시 징채를 고쳐 잡는다. 캄캄한 물질에 한주먹씩 마음을 심던 어느 날은 불현듯 저의 혼을 탈탈 털어 넣었을 그.

쇠에게서 기나긴 소리의 결을 풀어낸 마지막 제식을 마친 후, 그는 멀리 가는 울음을 따라 길을 나섰다.

울음은 피가 더운 짐승의 것.

사람과 쇠가 크게 공명을 일으킨 지점에서 온몸이 울음인 사나운 짐승이 뛰쳐나간 후, 짐승을 따라나선 그는 계절이 다 가도록 초막에 돌아오지 않았다.

# 거절된 꽃

날도 점점 추워지는데 이제 그만 아이 데려오자.*

어떤 손이 놓친 걸까, 풍선들은 늘 놓쳐지지 그건 풍선의
의지가 아니야 아니, 풍선의 의지야

옅은 하늘색 풍선이 바람에 쏠리는 대로 보도블록 턱
밑을
혼잣말처럼 맴도는 겨울 저녁

얼마를 떠돌았을까, 말랑말랑한 공기의 두개골 같은

숨이 새어 나간, 해쓱한 풍선은
심지어 없는 무릎으로 멈칫멈칫 기는 자세로
텅 빈 얼굴을 손 없는 빈 양팔로 감싼 채

무서워, 아버지, 아파, 거긴 벌써 무너졌어, 밟으면 허공
이야
아버지, 내 어두운 아버지, 그곳에 발을 디디면 다시 뺄
수 없어……

세계의 마룻바닥엔 액체가 되어 흐르는 아이들 연일 새

어 나가는

　어린 숨 이제 막 발색을 시작한 옅은 하늘색 둥글고 말랑거리고

　가볍고 머뭇머뭇 떠도는 어린 영혼들


　오지 않는 버스를 기다리며 동동거리는 발아래, 점점 형체를 띠는

　너무 일찍 거절된 꽃 여럿으로 섞여 드는 울먹이는 목소리


　발아래는 너무 먼 곳 애들아, 그만


　저기, 버스 온다


* 故고준희 사체 유기 사건을 맡은 이형석 경위가 암매장 자백을 받아 낸 후, 준희 친부에게 한 말.(「준희 생일 케이크에 허찔린 친부, 형사 집념이 가면 벗기다」,《중앙일보》, 2018. 1. 11.)

## 조그만 자전들

꽃에 대한 사나운 식성이 물을 쓰듯 콸콸
잡담처럼 휴지처럼 둘둘
꽃을 풀어 씁니다.

누가 용도 폐기된 아그네스의 뺨을 힘껏 후려쳐 문밖에
끌어냈나요. 붉고 푸른, 망가진 문장들이 너풀너풀 기침을
쏟아 내는 흐린 겨울 저녁. 진눈깨비 흐늑이는 검은 흙바닥
에 화환 한 구 쓰러져 있어요. 병색 짙은 그이를 일으켜 집
으로 데려가 더운 물에 씻기고 옷을 내주고 머리를 빗겨
잘 뉘어야겠어요.

*

덫에 치인 짐승처럼 급격히 어두워진 눈빛들이 울음을
뚝 그친 차렷, 자세로 일렬횡대 부려집니다.

말들의 그을음과 소란의 발꿈치들이 썰물처럼 빠져나
간 말들의 시사회, 벽면 좌우엔 즐비하게 유폐된 컴컴한 허
공들.

봄날의 꽃밭을 기억하세요? 태양의 유출과 반입이 빈번한 색의 서고. 빛의, 밀집된 고요와 소란 속에서 한 닢, 꽃잎의 맥박을 짚어 보던 일. 그 일이 별의 맥박을 짚는 일과 혼자 가만히 당신의 맥박을 짚어 보는 일에 이어지던 일.

글썽이는 물의 행성들. 그 조그만 자전들이 저녁을 불러 인간의 마을에 하나둘 별들이 돌아오던 일. 꽃과 나의 자전이 함께 저물어 봄날의 책장이 후루룩 넘어가던 일.

# 국 이야기

어제는 마늘을 잔뜩 넣고 닭 한 마리 하얗게 삶았어요.

오늘은 남긴 살을 잘 발라 미역을 넣고 국을 끓였지요.
바다의 누이 같은
부드러운 미역, 수런거리는 미역이 품었던 해수를 마저
내놓아
국물은 심심하니 좋았어요.

그런데 왜 국그릇이 울먹이는 걸까, 한 수저 한 수저 앳
된 누군가의
눈물을 덜어 목구멍에 흘리는 기분일까.

한 수저 한 수저 침묵을 계량하는 이 이상한 기분. 생략
된 인칭들이
양육하는 우리들의 뚱뚱한 안녕.

국 한 그릇의 창백한 침묵 속엔 피 묻은 깃털무덤. 오늘
하루 도축된
그이들 눈물이 감당하는 인간의 식탁에서

그림자 한 장 꽂힐 수 없이 촘촘히 재배되시어 절두절족
피의 예절을 거쳐
　컨베이어 벨트를 타고 매끄럽고 명랑한 누드로 다시 태
어나시어
　바코드가 생성된

　뼈가 빠지고 항문이 빠지고 눈 코 입 다 지워져 뭉치로
탕진되시는

　구구구, 발바닥도 없이

　저기, 주검이 생활인 눈먼 신 몰려오시네. 냄비 속에 들
끓는
　눈보라의 형식으로.

# 시간의 갱도

쪼르르,

소리가 태어났다, 내 손이 일으킨 최초의 불꽃처럼.

어둠을 더듬어 컵에 물을 따르자 소리 하나가 귀를 털며 달려 나왔다 천지간, 소리 하나와 마주쳤다. 방금 태어난 소리와 마주친 나는 처음으로 두 장의 귀를 얻은 어린 짐승처럼 흠칫 놀라, 깊은 정적 속에 몸을 웅크렸다. 밀집된 어둠 속에서 나의 동공은 짐승의 그것처럼 커다래졌다. 나는 물병 속에 잠든 침묵을 깨운 것이다. 식도를 거쳐 위장에 착지한 그것의 발바닥은 차가웠다. 이 방에 청색, 시간의 광물질이 재깍재깍 숨 쉬고 있다.

3부
화병의 둘레

— 내 안의 푸른 광물과 아득한 기체로 사는 사람.

# 해변의 생일상

*검은 홑이불을 치워요, 캄캄해.*

기다리라는

말의, 당의정을 물고 우리는 유리병 속 알약처럼 잘그락
잘그락 흔들렸다. 배가 기울었다. 불안을 감추려고 웃고 떠
들던 직전의, 기록들이 급격히 어두워졌다. 왜? 대체 왜?
우리는 물을 수도 없었다. 출구를 찾아 얼크러지던 실루엣
들이 거대한 침묵의 소용돌이 속으로 사라져 갔다.

찢겨져 너풀대는 방향으로 육친의 발바닥들이 우레처
럼 질주했다. 발아래서 돌연 모든 방향이 사라졌다. 북쪽
은, 더 나아갈 수 없는 방향. 끊어진 방향을 베고 우리는
누워 있었다. 시간의 검은 해먹에 우리는 걸쳐져 있었다.
물소리만 가득한 둘레 없는 욕조에 누워, 우리는 흔들리고
있었다.

어둠의 수몰 정원에 핀 검붉은 참혹을 꺾어 나를 조문
하고 왔다. 밤과 밤을 잇대 기운 검은 홑이불을 치우면 종

달새가 포르르 날아오를 것만 같은 나의 문상이었다. 일어나, 일어나, 나의 애인들.

검은 국과 검은 밥으로 차려진 해변의 생일상에 오늘은 누가 다녀가는 거니? 검은 젓가락을 들어 검은 나물을 집는, 거기 너는 누구니? 물이 깃 치는 소리 사이로 키득키득, 웃는 듯 우는 거기, 우리는.

물이 되려고 확장된 우리의 넓이만이 해안에 부딪는 11월. 물속엔 캄캄한 악보를 넘기는 성가대원들. 캄캄한 성대에서 날아오르는 검은 나비 떼.

북쪽은 사라진 방향. 그곳으로부터 그해 첫눈이 왔다. 북쪽 천사들이 저의 날개 깃털을 뽑아 하염없이 밤바다를 덮었다. 우리를 덮었다.

# 여자는 이름이 존재라 했다

짙은 이목구비였다. 비애와 자애가 뒤섞인, 우는 듯 미소
띤 얼굴이 나를 지켜보고 있었다. 막 소년을 벗어난, 앳된
남자를 동시에 가진 여자였다. 여자는 여러 겹의 구리 구
슬 목걸이를 출렁이며 반라의 상반신을 기울여 왔다. 둔중
한 성감이 복부를 지나 골반을 압도해 왔다. 뒤이어 힘 있
고 애상적인, 다성적 목소리가 꿈의 내벽을 두드렸다.

내 이름은 존재. 나는 너를 사랑해. 그런데 너는 무슨 근
심이 그리 깊지?

밤이 욕망하는 나를 들어올렸다. 얼룩말이 뛰쳐나가고,
은회색 비행기 편대가 날고, 삼백 장 창유리가 한꺼번에 깨
지던 검은 거울 속에서 때를 기다려 베일을 걷었을 내 여
인. 달이 차서 산도를 벗어난 태아처럼 꿈의 연동 작용이
낳은 나의 쌍쌍생아. 우기의, 리비도의 숲을 지나 가까스로
당도한 나의 아씨.

창 아래 무덥고 습한 기류가 밀려다니는 여름밤, 존재라
는 이름의 여자가 찾아왔다.

## 화병의 둘레

불어난다, 물결친다, 범람한다, 무릎까지 차오르는
둘레 안으로 발을 들여놓는다

장미는 어디서 오나 노래가 오고 노래는 넘쳐서 아물 새
가 없지만 그래도 넘치는 노래 당신도 노래를 주러 왔다
울먹이는 둘레

허공이 불어난다, 물결친다, 구름이 몰려온다
오늘, 배달된 장미는 귓불 붉은 어린 구름으로 빚었다

구름의 낱장들이 희미하게 찢어지며 배열을 이루는 이
일은
쓸쓸……이라는 언저리가 생기는 일 울먹이지 마, 꽃잎
으로 분류된
찢어진 구름아, 찢어진 공기야

공기가 너풀너풀 기침을 하네 분홍 목구멍에서 비린내
가 풍기네
서둘러 집을 그려 줘야지

한 다발 허공을 꺾어 누가 흰 사기 봉분에 꽂았나, 3일
간 치르는 창백한 밀월
양 한 마리 양 두 마리 양 세 마리…… 양들의 조문이
하염없는

# 바닷가 민박집

오늘 밤엔 달빛을 훔쳐 달아난 천사에 대해 말할까 한다. 유예된 천 일 동안 이야기를 그치면 안 되는 나는.

*술탄은 어디 있나. 모든 연인들에게는 한 잔의 축배와 천 잔의 독배가 기다린다.*

없는 나라에서 온 없는 계절들이 바닷가 민박집에 들었다. 쪽창으로 달빛이 흘러들었다. 우리는 다만 연인이므로, 어떤 것도 설명하면 안 되는 우리는 서로의 숨소리만 골똘히 세었다. 숨과 숨 사이, 11월 밤물결이 혜적였다. 파들거리는 달의 숨에 섞인 숨의 안개가 방바닥에 자욱했다.

점차 증폭되는 달의 음역. 바닷가 민박집이 가만가만 흔들렸다. 달의 직접성 달의 수유 혹은 포유성에 대해 방대한 양의 방뇨에 대해 그가 눈을 감았다. 밤하늘을 어슬렁거리는 흰 암소에 대해 그 한량없이 부드러운 짐승의 글썽거림에 대해서도 그는 침묵했다. 모로 돌아누운 나는 더듬더듬 달빛 속으로 몸을 밀어 넣었다. 이내 잠의 폐곡선을 따라갔다.

백사장엔 달을 신봉하는 밀교의 집회가 열리고 있었다. 웅얼거리던 기도 소리가 급물살을 타더니 날카로운 외침으로 바뀌었다. 봉인된 방언, 말의 흰 조약돌들이 튕겨져 민박집 창유리에 부딪혔지만 이곳에선 모든 게 고요하다. 나는 일렁이는 빛의 수조를 유영했다. 여긴 누구의 자궁 속일까. 두근두근 달의 뇌가 뛰었다. 달의 뇌와 나의 뇌가 연동하는 동안 말의 뇌가 함께 뛰었다. 유예된 천 일 동안 나는 이야기를 그치면 안 되는 사람.

　침묵하는 그를 이끌어 빛의 무도회장 복판으로 나갔다. 흰빛은 흰빛을 보지 못하고 그는 나를 보지 못한다. 쓸쓸한 무도가 이어졌다. 머리 위를 날아 한 자루 흰 달빛을 둘러맨 천사가 연회장을 빠져나갔다. 급격히 어두워진 연회장 거울 속에 흰 연미복의 그가 보였다. 그는 미구에 태어날 내 얼굴을 얹고 있었다. 잠의 폐곡선이 열리고 파도가 들이쳤다.

# 해변의 수도승*

화가는 북풍을 풀어 억제된 격정을 그리려 했다

타종도 없이 바다가 저의 품속 청동 시대를 뎅그렁거릴
때, 침묵하는 겨울 바다는
얼마나 큰 울음인지 얼마나 광포한 짐승인지

고독의 힘으로 빙해를 가르고 나가는 쇄빙선처럼, 해무
덮인 바닷가에 있으나
그는 이미 출항한 사람

해수면 아래는 폭설, 그리고 얼어붙은 파이프 오르간 소
리의 숲 그의 어깨에서
수천 은빛 나비 떼가 날아올랐다 펄럭이는 수단 자락이
흐느낀다고 생각한
순간, 그의 청색 물감이 나에게로 쏟아졌다

불가능을 사랑한 값으로 나는 문장 앞에 앉았고 또 한
계절이 막막했다
알 수 있는 건, 겨울이 가고 우두커니 더 많은 날들이

이어질 거라는 것

　가슴에 고인 암청색 물감이 곧 한랭전선을 몰고 오리라
는 것


　지상의 어떤 종족은 살아서 제 장례를 치르고 살아서
제 고독의

　전면과 마주 선다, 살아서는 마칠 수 없는 머나먼 문장
앞에 선다


　가슴속 파도를 다 건너간 그가 다시 밀려드는 해변, 그
에게 건네려던

　편지는 수만 해리 해저 도서관에 잘 보관돼 있다 그곳으
로부터

　서른세 번째 겨울이 발아래 검은 수초를 인양해 왔다


* 카스파르 다비드 프리드리히, 「해변의 수도승」, 캔버스에 유채, 110×
　172cm, 베를린 국립미술관 소장.

# 버찌, 혹은 몰락

꽃
이후


바람을 선율로 바꾸는 자의 손가락이 빠르게 스쳐 잎사
귀를 일으켰다

이마가 서늘했다 악보 한 장 몸속 찬물 같은 어딘가로
깊숙이 떨어졌다


젖은 악보를 짚어 가다 열매를 열애로 오독했다 잎사귀
사이

버찌가 얼굴을 붉혔다 봄날은 그렇게 번졌다


나는 당신께 옮아가 무수히 흩날릴 것이다

다 털릴 것이다 소거될 것이다


사랑의 정점을 몰락으로 말하는 나무


스스로 혹독하여 스스로 단두대를 세운 나무 거뭇거뭇
낭자한

혈흔을 남겼다

버찌, 혹은
몰락을 밟으며 나무 아래를 간다, 사랑의 희미한 기원을
더듬어

여기서 사랑의 과원은 얼마나 먼가, 그곳에 당신이 있기
는 한가

# 우는 신

희생제 제물로 바쳐진 세 마리 염소 중 두 마리는 보자
기로 눈을 가리자
저항을 멈추고 순순히 칼을 받더랍니다. 그런데 한 마리
는 유독 목을 들어
소처럼 큰 울음을 울었다 하지요.

의식 절차에 따라 녀석의 동맥을 끊고 피를 받고 가죽
을 벗기고 고기, 각을
뜨면서 녀석의 배 속에 새끼가 있는 걸 알았다 하지요.
신도 새끼 밴
희생물은 받기를 꺼려 해서요. 신도들은 염소를 판 상인
에게 몰려가
항의를 했다는데요.

비 뿌리는 사원 안마당, 허리춤이 빠지도록 바닥에 머리
를 조아린
신도들이 부르짖는 신은 대체 어디 있을까. 보자기 속에
서 천천히
눈꺼풀을 내리고 죽음의 공포를 내려놓으며 미안하다,

미안하다

저의 배 속 새끼에게 절규하던 어미, 모로 쓰러져


잠잠한 고기로 돌아가 전례를 마친 신도들 접시에 나뉘
었겠지만


예배 마친 신도들 공복에 들어앉은 신. 제단 위 뜨거운
촛농으로
뚝뚝 져 내리는 신. 인간의 오장육부 컴컴한 구석구석
촛대를 가져다 대는
신.


검은 보자기로 가려 두고 인간만 못 보는 신.


신전에는 없는 신.


신전 바닥엔 어미 염소 캄캄한 울음이 낭자하게 흐르는
데요. 신, 저 홀로
사원 담벼락에 기대어 사무치도록 쓸쓸한데요.

## 소속되다


그날, 나는 눈밭에 버려진 어린 짐승처럼 외로운 조난자
였으나

......

폭설이 들이쳤다 아름다운 폭도들로 에워싸여 어쩌면
나도
아름다움에 속할 수 있을 것 같은 꿈을 꾸었다

침묵이 굽이친다, 은폐된 음악이

음악의 물질성이 꽃잎, 꽃잎으로 이마에 눈꺼풀에 머리
칼에
얹힐 때, 뒤덮일 때, 침묵이 퍼붓는 격정적 애무에 귓볼
을 맡길 때

한 마리 고라니 같은 나는, 어디에 소속된 무엇이던가

희게 불붙어 깃 치는 공중

거친 천을 어깨에 두르고 펄럭펄럭 눈밭을 달리는
사나운 서정

점점 증폭되는 침묵의, 손 없이 연주되는 연주

눈발의 격정 속을 사슴이 뛰어가고 은어 떼 솟구치다
이윽고 잦아드는

끊일 듯 이어지는 마지막 선율에서 흩어지는 배추흰나비
흔들리는 쑥부쟁이 희미하게 발생하는 계절들

그날
나는 외딴 눈밭에 버려진 어린 짐승처럼 외로운 조난자
였으나

# 알비노 보호구역

물의 혼령들이 어슬렁거리는 새벽 나는 나에게서 유실되어 둑길을 흘러갔다

대기가 팽창했다 분사된 젖의 미립자, 안개 너머에서 폐활량을 키우는 저수지 심박 소리가 들려왔다 젖의 유충이 눈썹과 머리칼, 귓바퀴와 목덜미를 하얗게 더듬어 왔다

안개는 천 겹 베일을 둘러 주며 입속말을 흘렸다 나는 너의 애초의 입자 너의 정직한 총체, 너를 바라보는 텅 빈 눈동자……

안개 구역에는 귀가 순한 알비노들이 모여 살았다 목소리를 삼킨, 흰 속눈썹 아래 지워진 눈동자 그들은 서로의 눈과 귀를 핥고 서로를 먹었다 에돌고 흐르는 무리 거기서는 누구도 이방인이 아니다

베일을 풀며 안개가 쓸려 가고 발등이 드러났다 백색교의 창백한 수도승처럼 자작나무가 도열해 있는 아파트 뒷길 연금술이 사라진 곳에 식은 태양 몇 닢 버석거렸다

흩어진 신전에 관한 풍문


　내 혈관에는 안개 포자가 서식 중이다 나는 안개주의자
안개에 편향적이며 안개에 위독하다 안개에 몰입한다 어느
날 나는 알비노에 편입될 것이다

# 비망의 다른 형식

*에밀리아나.*

*내 안의 푸른 광물과 아득한 기체로 사는 사람. 치통의 반란 같은 통증으로 당신이 몰려온다.*

*고백은 홀로 타오르는 말.*

*작정 없는 열망으로 질주하던 밤, 잠들어서도 되네 부르던 이름이 큰물처럼 불어나 잠의 둑이 무너지던 밤.*

*사랑이 은종을 흔들며 방문 앞을 지나 복도를 돌아갈 때, 나는 복도로 나가 방금*
*나를 지나간 운명의 맨발, 뒤꿈치를 보았다.*

*어느 봄날, 당신은 흰 수도복 속에서 영역이 다른 사람으로 웃고 있었지. 당신은 아침 식사 때 접시 밑 메모지에 적힌 임지대로 간략하게 짐을 챙겨야 하는 사람.*

*당신의 임지는 어디일까. 밤의 검은 창문들아, 말해다오.*

나는 위급했으나 당신은 창유리 속에서만 목을 젖히고 눈부시게 웃는 사람.

투명해서 아픈 날엔 유리창에 당신의 맑은 콧날을 그렸다, 작은 한숨을.

당신의 둘레에서 흰빛을 조금 가져와 화분에 묻었지만 나는 빙하 속 사계를 건너는 사람.

화분에는 쇠락의 계절이 우거져 마른 이파리 몇 흘려 두고 우두커니 빈손을 내려다보는 불임의 나무 한 그루

기억의 격발처럼 함박눈 쏟아지는 저물녘

나의 오렌지나무 흰 불꽃에 에워싸이네, 날개를 퍼덕이네. 사라진 두 팔 사라진 가슴, 사라진 자궁에 어떤 기억 한 점이 착상된 것일까.

*시간의 연약지반을 뚫고 당신이 와 있다, 나의 에밀리아나.*

# 포유류

— 그해 겨울, 구제역

 지상의 모든 어미들의 영혼을 지나가는 메아리가 암소의
물동이에 울음을 길어 붓네. 젖 물릴 시간을 길어 붓네.

 젖 물린 짐승의 눈동자에 걸쳐져 있는 수평선이 지상의
일만 파도를 잠재운다. 그 고즈넉한 눈빛을 가진 짐승을 어
미라 부른다. 새끼의 배릿한 냄새가 새겨진 고요한 뇌를 가
진 짐승을.

 안락사는 안락한가. 석시콜린 주사기를 든 흰 가운을 알
아보고 저의 운명을 직감한 암소가 가랑이에 힘을 준다.
아직 눈도 못 뜬 새끼를 끼고 버틴다. 10초면 숨을 거둔다
는 독극물 주사 후에도, 젖 냄새를 더듬는 새끼를 품고, 그
가 서서 버틴다.

 자꾸만 혼미해지는 나의 혼령아, 조금만 더 버텨다오. 내
아기가 젖꼭지를 놓을 때까지만……

 숨이 멎는 캄캄한 중에도 새끼 쪽으로 가지런히 흐르는
연독지정, 금빛 물살.

새끼가 젖꼭지를 놓자 육중한 어미 털썩, 흙바닥에 쓰러지네. 반쪽은 꿀을 머금은 듯 반쪽은 주저앉은 흙벽 같은 짐승과 신 중간쯤의 초상이 흙바닥에 떨어지네.

그해 겨울, 내륙에는 역병이 돌아 산 채로 흙에 묻힌 축생들.

시멘트 봉인으로도 틀어막을 수 없는 검붉은 울음이 대지를 적시고 문턱을 넘어 인간의 잠 속으로 흘러들었네. 어슬렁어슬렁……

## 그곳에 손을 두고 왔다

당신에게서 풍경이 흘러나왔다 창밖, 온몸으로 바람을
읽는 강물의 독법을
　말없이 내다보았다 오동나무 한 그루가 흘러들었다 꽃
핀 나무를 지나는 동안
　나는 물빛으로 반짝였다

　태양 아래 성장한 당신의 언어는 보폭이 크고 잎사귀가
넓어 잎사귀 아래
　나의 말은 자주 서걱거렸다 운전석과 옆자리 사이 좁힐
수 없는
　건너편이 생겼다 영혼이라 불리는 다른 내가
　열리지 않는 창틀을 가만가만 흔들었다

　보자기에서 꽃나무 한 그루가 쏟아졌다 헤어지기 마지
막 3초
　전,

　당신이 홀리듯 놓아 버린 손이 바퀴에 깔린 3초를 주
우며

나무의 살점들을 주우며 파들파들 울었다 당신이라는
독, 미량으로도
 치명적인 슬픔이 타오르는 다섯 줄의 현, 울음의 발현은
 악기일까 연주자일까


 운전석 옆자리에 우는 손을 놓고 돌아와 문밖 허공의
살갗을
 오래 어루만졌다 오동나무야, 너 많이 아팠…겠… 무혈
의 핏방울을
 없는 손바닥에 받았다


 일곱 번 봄이 다녀가는 동안 나무 안에 거주하는 맹인
악공이
 사랑한다, 사랑한다, 사랑한다, 종소리를 더듬어 허공에
옮긴 악보


 그곳에서 손은 여전히
 열리지 않는 창틀을 가만가만 흔들고 있다

# 조용한 식사

*— 고독, 마주 볼 수 없지 차마 무서워서.*

뼈에서 새어 나온다, 드라마를 보던 노모가 혼자 중얼거
리는 저 말
천년 바깥에서 들려온다.

일생 고독에 먹힌 노모는 그믐달이 다 됐다, 천년 바깥
은 해가 쨍쨍한
대낮인데 그믐달 안쪽은 차갑고 검은 밤

우주의 양수가 터지고 지구가 태어나고 포유류가 생겨
나고 인간의 마을이
들어선 강 언덕, 강물보다 먼저 범람해 있던 고독은 텃
밭 푸성귀에서
우쭐우쭐 자라나 인간의 밥상에 올랐다

촉수 낮은 전깃불 아래 저녁상을 차려 노모와 나는 각
자의 고적이라는
긴 젓가락을 써서 검고 질긴 잎사귀를 입으로 가져간다,

두 마리 노루가
　저녁 숲에서 어두운 잎사귀를 따 우물거리는 것처럼


　마주 보는 일 없이 떠 넣는 어둑한 밥 천년의 저쪽에서
이쪽으로 건너오는
　느린 젓가락질 노모와 나는 낡은 식탁을 사이에 두고 시
간의 지렛대로
　각자의 고독을 뒤적거렸다


　어떤 고독은 덜컥이는 틀니 아래 제법 환한 소릴 내어
저를 들키기도 한다

# 창문들이 돌아오는 시간

이동하는 장소처럼 말이 나에게로 왔다. 한 채 늙고 높은 비애가 오직 나에게로 왔다.

일몰의 한때, 지구의 뒤뜰에 나는 있었다. 나는 일몰을 담을 커다란 창문을 만드는 중이었고 건너편 풀밭에는 갈색 말 한 마리가 보였다. 목책을 돌아서 말을 향해 나는 걸음을 옮겼다. 말도 내 쪽으로 걸음을 떼기 시작한다. 얼마쯤의 거리를 둔 지점에서 말이 멈춘다. 목책 위에 긴 주둥이를 걸친다. 저녁 잔광을 담뿍 얹고 연갈색으로 피어난 속눈썹 아래 고요하게 열린 눈. 눈자위에 물기가 번져 있다. 갈기털은 낡았고 콧잔등을 지나 길게 그어진 상처엔 검은 피가 말라붙었다. 말이 나를 찬찬히 바라다본다. 순하게 열린 눈은 나에게서 무엇을 보았을까. 더 가까이 걸음을 옮겨 고개를 디밀었다. 말의 눈 속엔, 석양이 출렁거렸다. 나는 공구를 거둬 터벅터벅 집을 향했다.

흰모래가 깔린 해 질 녘 마사(馬舍)에 말들이 돌아오던 때가 있었다. 일렬로 늘어선 마방 창문마다는 말의 수굿한 옆모습을 담고 있었다. *비애의 아름다운 옆얼굴이 담긴 창*

문들은 지금 지평선을 따라 이동 중일 것이다.

나는 그날, 건초처럼 따듯한 비애의 숨결에 이마가 닿았다.

## 위반의 밤

길은 한 방향으로 집약적이다.

어둠의 미열을 따라가면 어디쯤 나의 탐스런 원죄가 주
렁주렁
매달려 있을 라임 한 그루.

실과에 손이 닿기도 전, 세 걸음 바깥에서 밀착돼 오는
어둠의
젖무덤, 가맣고 단단한 유두가 입안 가득 물렸다.

금기와 위반이 창궐하는 계절, 입술을 비집고 박하보다
환하게 수유되는
꽃잎, 꽃잎, 꽃잎…… 이것은 언어로만 감각하는 신의 육
체성.

이마에 죄 혹은 신의 얼룩을 묻히고 들어선 나의 집, 정
적으로 세운
북벽. 거울 속에 까만 밤이 아프게 창문을 닦고 있다.

파기의 충동으로 심장 근처가 가려운 봄밤엔 꽃으로 성장한

한 마리 위험한 짐승을 기다려, 미구에 다가올 그 무엇도 나는 뉘우치지 않을 테다.

사랑하는 외로움이 너무 커 버린 자에게 용서라는 의복은 맞지 않는다.

# 4부

## Angel in us

— *세계의 재배열이 이루어지는 느린 순간이었다.*

# Angel in us

그들 중 하나가 침상을 나간 후 돌아오지 않았다. 누구도 사디스트의 막사에서 일어난 일에 대해 입을 열지 않았다.

병영을 떠났으나 세상은 여전히 거대한 병영이었다. 펄럭이는 밤의 막사, 침상에 누운 그에게 Y일병의 복부가 또렷이 재현돼 왔다. 밟은 적 없이 발바닥에 와 닿는 물컹한 이 물감…… 아니, 무기력에 관한 이 동질감은 뭐지? 풍문으로만 들었던 Y일병의 복부를 움켜쥐고 그는 소스라쳐 일어났다.

그는 지독한 편두통을 식히러 강가로 내려가 쭈그려 앉았다. 검은 수면 위에 본 적 없는 Y일병의 휑한 얼굴이 흔들렸다. 어이, 불렀으나 대답 없는 저편. 일렁이는 그 얼굴을 움켜쥐었으나 빈손을 돌려주는 저편에 대해 그는 침묵했다. 물이랑이 밀려와 기슭에 부딪었다. 이편과 저편, 호젓한 간격으로 적막이 차올랐다. 거기 누구 없소? 목소리가 떨렸다. 짐승의 옆구리를 관통한 피 묻은 창을 씻는 기분이 이럴까. 그는 두 손바닥을 내려다보았다. 엉덩이를 털고 일어서던 그는 터무니없는 익명의 그리움에 치를 떨었다.

자락자락…… 어둠 속에 세 걸음 간격으로 물의 숨이 짚인다. 통째로, 구석구석, 남김없이, 살아 숨 쉬는 이 지구별의 맥박은 너무나도 생생하다. *거기 누구 없소?* 셀 수 없이 *겹치는 Y일병의 외침*이 수면 위에 일렁인다. 정면을 응시하는 피 묻은 얼굴들이 상한 날개를 끌며 물 위를 걷는다. 좌향좌…… 우향우…… 조용히 엇갈리는 걸음걸이로.

감은 눈 속으로 물이랑이 밀려든다. 물가에서 그는 그를 넘어선다. 확장된다. 마음의 발생이여. 이것은 누구의 돌연한 개입인가. 망자의, 허공을 응시하는 눈동자가 산 자의 눈동자 속으로 뜨겁게 들어왔다. ─ *나는 지금 네가 아프다.* 그는 Y의 눈꺼풀을 느리게 감겼다. 아니, 그의 눈꺼풀을 쓸었다. 손바닥 가득 타인의 눈꺼풀이 들어왔다. *세계의 재배열이 이루어지는 느린 순간이었다.*

# 들판을 지나는 사람

(홀연히, 세계가 저의 전모를 드러내는 석양 녘. 최초의 열매, 최초의 심장을 훔치러 온 사람처럼 들판을 서성였다. 풀밭 위에 흘린 긴 그림자를 흔들면 펄럭이는 날개, 스치는 천사.)

당신은 널빤지에 못 박는 일만 한 성실한 사랑노동자. 부재는 가깝고 실재는 언제나 아득했으니.

들판은 폭우와 뇌성을 나르고 야수파 화풍의 강렬한 녹색을 나르고 깊고 둔중한 통증 같은 먹구름을 나르고 가슴속 진흙을 나르고 먼 데 들소 울음소리, 미친 그리움을 나르고 불현듯 솟아난 대지의 영혼 같은 몇 그루 나무를 나르고 새들을 나른다. 들판을 거닐던 키 큰 침묵이 흔들리는 꽃무리 속으로 허리를 굽혀 여름의 이마를 짚어 준다.

들판은 이제 콧잔등이 발긋발긋한 열매를 가졌다. 당신은 몇 개 부드럽고 순한 절망과 좌절을 호주머니에 넣고 가을의 초입에 다다랐다. 바람 소소하고 지구의 서늘한 악보 한 장 펄럭이는 소리. 누가 당신의 선연한 가을을 연주하나, 바람을 휘저어 누가 지금이라는 시간의 파문을 조용히 일으키나.

중력이 사과를 떨어뜨릴 때, 당신은 가슴에 고요한 구(球)를 품는다. 가을의 기원인 듯 폭넓은 스커트 자락 가득히 바람을 품고 들판을 걷는다. 들판은 불에 달군 구리 쟁반 같은 태양을 불러 실과를 나르고, 금빛 햇곡식을 나르고, 짙붉은 들소 울음소리 건너 간곡한 마음의 골짜기 지나, 당신은 오늘 도착할 붉은 사과를 위해 길을 떠난다.

당신은 가을 실과처럼 이슥해졌고 들판은 이제, 그해의 빛과 그늘이 스민 어둑한 씨앗 자루를 세계의 창고로 운반한다. 당신은 떠나보낸 씨앗들의 이름들을 불러 주고, 마지막 열매 마지막 심장을 두고 갈 사람처럼 머뭇머뭇 뒤돌아본다.

집에 돌아와 서랍 속, 새를 꺼내 날리고 대형 거울 속에서 천사를 꺼내 입는다.

당신은 실패한 천사가 아니고 천사는 허구의 옷을 입힌 쓸쓸한 위로가 아니고 외로운 사람들의 발명품이 아니다. 선반 위 램프를 내려 먼지를 닦고, 성서 속 처녀들*처럼 기름을 사러 가는 당신은 여전히 근면한 사랑노동자.

* 마태복음 25장 1~13절.

# 폐허라는 찬란

죽음을 미리 끌어다 생필품으로 쓰는 종족이 있다. 아침이면 두런두런 죽음을 길어 어깨에 붓거나 발등에 붓는다. 입안을 헹구고 향로에 붓는다. 쿠키를 만들어 접시에 덜거나 우묵한 찻잔, 영원의 바닥까지 그것을 따른다. 일테면 모든 길이 죽음으로 나 있는 명백한 등을 대낮에도 밝혀 두는 종족.

추상이 구체를 뒤집어쓰는 계절. *먼 목련이 기억을 더듬어 올해의 목련에게로 거슬러 온다.* 나무 안에 은어 떼 점차 맑아 온다. 혹한과 가온, 뿌리가 받아 마신 그늘의 총량이 제련한 저렇게 서늘한 빛.

죽음을 목전에 둔 짐승처럼 꽃으로 성장한 나무가 목을 들어 길게 운다. 오후 3시, 흰 꽃그늘 아래서는 누구라도 백발이 성성한, 낯선 영역의 인간이 된다.

올해의 목련이 뎅그렁뎅그렁 조종을 흔들며 산길을 내려간다. 해마다 시리도록 눈부신 종교가 들어섰다가 사라지는 산 중턱. 당신은 그 꽃 진 자리를 폐허라 했고 나는 멍

이라 했다. 꽃의 정점으로 죽음의 커브를 그리는 일종의 꽃
나무인간들, 흰 수의들 고요한 움직임이 시야를 흘러간다.
지상의 어떤 종족은 산몸으로 저의 장례를 치른다.

# 침대는 가구가 아니라는 말

어느 날의 침대는 사뭇 명상적이다. 비만한 고독이 벽에 기대 느리게 빵을 뜯는 아침.

생의 구심과 원심 사이에 침대가 있다. 저항도 없이 검은 방죽 한가운데로 빨려 들었다가 뱉어진 나는, 지나치게 과묵한 저 침대를 의심한다.

간밤, 딱딱한 직립의 시간을 뒤척이는 동안 침대가 침대를 넘쳐 달의 뒤편으로 흘러갔다. 나는 달의 북쪽, 간빙기 어디쯤의 해류를 탔다. 죽은 적 없이 죽어 본, 죽음의 내용 같은 어슴푸레한 풍경이 흘러갔다. 수면 위엔 창백한 해가 지등처럼 흔들렸다. 적막의 내용이 출력되는 동안을 누가 꿈이라 했나.

침대가 가구가 아닌 건 사실이다. 인간이 저마다의 고독 으로 사육한 짐승.

놈의 평평한 등을 어루만지다 잠드는 인간에 대해서라 면, 사실인즉, 고독의 실물을 만지다 잠드는 것. 인간이 잠 들기를 기다리다가 평면으로 잘려 나간 기억 속 머리통을 꺼내 좌우로 흔들어 보는 놈. 고독의 하부 구조인 네 다리를 묵묵히 움직여 잠의 늪을 건너는 놈. 간혹은 등에 업힌 인간이 측은해져 뒤를 돌아보기도 하는.

*

침대에 대한 당신의 온도는 여전히 분홍인지?

유아용 사막. 공갈 젖꼭지에 붙들려 잠든 아기는 지금 고독을 학습하는 중이다. 빨려는 욕구와 더듬으려는 욕구를 모두 배려한 수면법으로 빈 베개를 안겨 주고 조용히 문을 닫아 주는 당신.

스위치를 내리자 어둠이 쏟아졌다. 낮에 내다 버린 한 자루 신발들이 빙글빙글 달의 북쪽으로 사라졌다.

# 행복한 눈물

사과가 떨어지는 건 이오니아식 죽음. 경쾌하고 정교한 질서 속의 일.

닿을 수 없는 두 입술의 희미한 갈망으로 지상에 먼저 발을 디딘 사과의 그림자가 사과를 받쳐 주었다. 그림자의 출현은 태양과 사물간의 밀약에 천사가 개입하는 것.

낙과가 취하는 적나라한 현재가 당신 홍채에 걸쳐지며 무럭무럭 시제가 발생했다. 미분된 현재들의 악보, 눈을 감았다. 눈꺼풀 위로 별들의 광휘를 거느리고 떨어진 신의 손수건.

빛과 그늘의 기하 공구로 제도된 전과 후라는 시차의 평면 도형이 얼굴에 펼쳐지자 우주 속, 단 하나의 장면이 이루어졌다. 뺨을 타고 눈물이 흘렀다. 오후 3시의 엷은 얼룩이 어른거리는 왼뺨. 이것은 당신의 의지인가? 눈물 제조자는 이미 행방이 묘연했다.

적막 속에서 적막이 확장되었다. 이 알 수 없는 깊이와

너비를 세계라고 한다. 호젓하게 낮게…… 휘파람이 새어
나왔다. *바람이 모든 시차의 곡면을 밀며 머리칼을 흩날렸
다. 사과는 자꾸 누가 흘리나.* 사과밭엔 붉게 상기된 사과들
이 군악대처럼 붐볐다. 저것은 이오니아식 우주의 눈물방
울들.

# 식물의 백야

저편이란 실재하지 않는 방향 당신이라는 저편에서 한랭전선이 발생했다 사랑의 기후는 대부분 악천후였다

어떤 시간은 폭우처럼 들이친다, 거리는 비었고 두 행성이 고적하게 서로를 스쳐 지났다

멀리엔 듯 가까운 북소리를 따라 남쪽으로 뻗은 해안선을 걸었다 안개가 낮게 쓸리고

폭우였다
녹슨 비를 맞으며 배수로가 뿜어 내는 붉은 아우성 앞에 멈춰, 울부짖는 암소 이오를 자백한 적 있다 *이오는 진흙과 노을을 이겨 빚은 소*

북서풍이 불어왔다 좁은 기단을 관통해 가는 차갑고 얇은 광물질의 바람, 샤먼의 찢어진 영혼 같은 바람을 기념하기 위해 꽃을 사러 갔다 갓 꽃대를 밀어 올린 칼라 두 줄기, 식물의 속엣문장을 안고 꽃 가게를 나서는데 식물의 열망이 작고 분명한 뿔로 명치를 치받았다

당신과 마주칠 리 없는 거리, 깊은 물을 건너듯 한 사람을 건너가는 생이란 어떤 생인가 화원 안쪽 간유리에 식물들의 백야가 환하게 타오르는 저녁

그 많은
흰,


흰색은 신과 함께 늙었거나 매 순간 다시 태어나는 색.
태어나면서 스스로의 빛에 찔려 눈이 머는 색.

빈 공책 같은 머리맡을 찾은 우주의 첫, 서늘한 기척 눈
의 흰빛은 어디서 오나 질문이 싹트던 유년의 눈 내린 아침
에게 경배. 흩날리며 다가와 눈꺼풀에 내려앉던 다정한 서
정, 물의 깃털이 지닌 흰빛에서 천사가 태어난 날 서쪽 성
(城)을 내췄지만 그들은 어디에도 머문 흔적을 남기지 않았
다. 자취 없이 사라지는 속성을 가진 천사와 눈은 신의 성
분에서 태어났을 거라 여기자 지상의 흰빛이 모두 천사를
발설했다. 그것은 시작되지 않은 사랑의 예후 같은 것으로
공기를 떠돌았다.

당신이 나에게 도착한 시간의 탄생은 어떤 기척으로 공
기를 떠돌았을까. 백 년 전 실패한 연애의 방향, 천사들의
서쪽 성곽에서 안개를 뚫고 당신이 왔다. 눈보라의 예감
을 몰고 내 왼뺨에 들이쳤다. 당신에게선 바람 냄새가 났
다. 나에게선 건초냄새가 났다. 바람 속에서 건초는 수런거
렸다. 당신의 오른쪽이 내 왼쪽에 닿아 있는 날개의 위치에

서 시간은 자꾸 역행해 갔다. 되돌릴 수 없는 방향이었다. 팔은 심장의 하위 구조. 날개를 입은 팔이 무럭무럭 뻗어 먼 별빛에 닿으려 했다. 날개 아래 깃든 초저녁은 온순하고 따듯했다. 우리가 가진 마지막 잎사귀인 손들이 펄럭였다. 손은 그때 갈망의 하위 구조인 저의 소임을 열렬히 고백하고 있었다. 펄럭이는 손들은 이미 눈보라와 별빛과 날개의 흰 성분에 속해 있었다.

장미를 장미라 부르지 않아도 좋은 이상한 정원에서의 하루였다. 손은 돌아와 언어의 목덜미를 미끄러져 쇄골에서 어깨뼈까지를 찬찬히 어루만졌다. 여기 어디쯤, 어제 본 회청색 눈동자의 천사를 꺼낼 수 있나. 들이친 눈보라를…… 기침처럼 쏟아지던

그 많은

흰,

# 그날, 상상할 수도 없이 먼 그곳의 날씨와 어린 익사자의 벌어진 입에 대한 서사

바닷가 검은 기암들은 익명의 영혼들이 웅기해 있다는 생각을 불러일으킨다. 나는 풍경으로 편입된 어떤 망각의 형상들을 지나갔다. 그것은 산 것인가, 죽은 것인가. 그것은 장소인가, 시간인가. 가장 우주적 일기인 시월의 어느 맑은 날 오후 세 시.

1. 프롤로그

형체를 지니지 않았으니 부재라 불리는 그를 또한 *침묵*이라 부르기까지, 나는 누군가의 망각 속에서 귀를 털며 튀어나온 개처럼 두리번거리며, 하염없이, 아마도 수 세기 동안, 기억 이전의 무채색 회랑을 어슬렁거렸다. 겪은즉, 사는 일의 불가해였으며 본즉, 죽은 자들은 예외 없이 침묵으로 직조된 옷을 갈아입는다. 누구라도 종내, 자신만이 감당해야 하는 무서운 의복을 입고, 예외 없이 침묵교도가 되어 끝 모를 회랑을 서로 스치며 걸었다. 그들은 종종 나에게로 와 너무도 다정하게 검은 꽃 한 송이를 먹이곤 했다. 꽃에게서 맡은 재와 눈물이 뒤섞인 냄새를 나는 잊지 못한다.

## 2. 난생(卵生)

한 처음

*침묵*은 선행하는 침묵으로부터 태어나 침묵 중에, 우주의 모든 과정을 꿈꾸기* 시작했다. *침묵*은 그때 난생으로 존재했으나 동시에 포란하는 자였으며 *멈출 수 없는 심장, 멈출 수 없는 뇌, 착상을 기다리는 자궁*이었다. 알의 내부, 심장의 내부, 뇌의 내부, 자궁의 내부는 어두운 잠이었으며 두근거리는 일체였다.

잠의 가장자리로부터 세계라는 꿈이 엉기기 시작했다. 세계는 소리와 형상의 모든 것. 고독한 가운데 스스로 충만한 *침묵*은 잠의 해안으로 밀려오는 시간의 물결에 집중했으며, 잠의 바탕에 하나둘 돋아나는 천문에 집중했다. 그러던 중 아늑한⋯⋯ 막막한⋯⋯ 꿈틀거리는⋯⋯ 날아오를 듯 멈춘⋯⋯ 망설이는⋯⋯ 등의 성정을 띤 중앙 집권형의 파동을 감지하게 됐다. 그것은 난핵이라는 꿈의 중심부. 난핵이 단단해지자 *침묵*은 스스로, 그 자신의 봉인을 열고 싶은 충동에 사로잡혔다. 때에 이르러, 행위의 주체자인 동시에 객체인 그가 그의 봉인을 뜯었다. 빛의 깃털이 자욱이 흩날려 사위에 흩어졌다. *침묵은 이제 빛 혹은 소리라는 외부를 갖게 되었다.* 세계라는 표상을 갖게 되었다. *비로소 그는 그 자신의 위치를 말씀이라 칭하였다.* 그로부터 말의 지파(支派)가 출현한 건 거의 영원 같은 시간이 흐른 뒤였다.

### 3. 꽃을 만나다

별 하나를 택한 *침묵*은 명상에 들었다. 사위에 바람을 풀고, 이 단독적인 별을 채울 사물에 관한 구상에 들었다. 그로부터 *먼 후일 바깥으로* 자신의 감각이 뻗어 나가는 걸 느꼈다. 감각의 촉수가 생생하게 가닿은 사물들을 주변에 풀었다. 보니 흡족했다. *예컨대, 그의 손바닥 위에서 바르르 떨고 있는 '파란바람풀무치'의 출현이 그러했다.*

대지에 관한 수 세기, 정적이고도 친수적인 명상에서 꿈처럼 풀밭이 펼쳐지고 강물이 뻗어 나갔다. *침묵*은 자신의 절대 음역인 *공(空)으로부터* 고요를 덜어 풀줄기 끝에 꽃을

맺었다. 꽃을 바라보는 그의 시선이 꽃에게서 향기를 불러
냈다. 꽃들이 수런거리자 향기가 들판 멀리 번져 갔다. *파
동의 꿈*. 발생 직전, 음악의 예후가 이와 같았다. *후일, 인
간 형상을 한 흙덩이에서 마음이 발생할 때의 뒤척임 또한
저와 같았다. 다가올 모든 비애의 왼쪽 가슴에 매달릴 애도
의 소임을 갖고 태어난 꽃*. 꽃은 어쩌면, *침묵의 왼손 약지
가 앓고 있는 생인손일지* 몰랐다. 그날 이후 꽃을 생각하
는 *침묵*의 눈빛은 늘 젖어 있었다. *그날, 그곳의 일기는 쾌청
했다.*

　이후, *침묵*의 대지에 관한 급진적이고 돌발적인 상상이 지
표면 곳곳에 균열을 일으켰다. 응축된, 상상의 마그마들이
폭발적으로 융기해 바위들이 솟았다. 대지의 영혼들인 나무
들이 울울하게 솟았다. 그때 떨기나무 아래 멈춰 먼발치, 보
랏빛 벌개미취 군락을 내다보던 바람은 어디로 갔을까.

4. 말의 위임자

*침묵이 그토록 오래 꿈꾸어 온 그. 침묵이 포갰던 입술을*

떼자, 그가 천천히 눈을 떴다. 그는 소년을 막 벗어난 앳된 사내인 채 흙에서 깨어났다. *그가 깨어남으로 세계는 비로소 완성되었다.* 침묵은 그를 '나의 숨, 나의 말'이라 불렀다. 숨은 침묵의 첫 발설. 흙에서 소출된 것들에 붙여진 첫 이름. 빛에 대한 기억의 밀물이 그를 발끝부터 적셔 왔다. *그런데 대체, 여기는 어디인가?*

둘러보렴, 숨. 저 높은 궁륭을 무엇이라 했더냐? *침묵이 물었다.* 흙이 꽃을 기억해 내고 꽃을 내놓듯 그가 하늘⋯⋯*이라 대답했다.* 숨의 입속엔 말들의 씨앗이 물려 있었다. *침묵은 그가 명명하는 것들의 이름을 가슴에 새겼다.* 때가 익어 이름에 맞춤한 형상을 준비한 씨앗들은 저마다 호명을 기다렸다. *하늘, 그것은 봉인된 빛에 대한 첫 발설. 말의 위임자인 그가 호명한 백양나무는 백양나무라는 기억의 은빛 날개를 퍼덕여 곧장 백양나무에게로 날아 앉았다.* 망각의 바위를 깨트리고 나온 사물들은 첫, 말의 빛으로 눈이 부셔 어쩔 줄을 몰랐다. 그는 고원과 사막, 목초지를 돌며 움직이는 '것들─Things'을 일일이 방문했다. 방문을 받은 '것들'은 망각의 우리를 뛰쳐나와, 빛의 지시대로 이름을 얻어 뿔뿔이 흩어졌다. 사자, 라고 불리자 네 발을 활짝 펼쳐 우리를 뛰쳐나가는 수사자의 금빛 포효를 나는 잊을 수 없다. 일테면 그는 말의 사제. 깜깜한 사물들의 정수리를 내리치는 빛의 망치를 가진 자. 침묵의, 빛에 관한 음성적 상상은 이렇듯 하나하나 이루어지고 있었다. 침묵은 말의 거처. 그곳에는 말이 없고 음성적 가능태만 있었으니, 이 모든 과정은 실은, 침묵이 스스로에게서 스스로를 호명하는 일이었다. 바람이 이 모든 일을 지켜보았다. 그것은 바람의 소임.

### 5. 검은 열매

숨이 다니는 길목에 매복해 있던, 우연이라는 때가 그늘에서 쉬고 있는 그에게로 다가왔다. 먹음직한 미혹을 내밀었다. 미혹의 과육을 한입 베어 문 숨은 깊은 잠에 빠져들었다. 잠의 지하 수로를 따라 그는 침묵이 거하는 신전에 들게 되었다. 미궁이라는 이름의 신전에서 그를 기다리던 침묵이 그에게 검은 열매를 건넸다. 그가 받아든 그것은 죽음. 다른 이름은 망각. 또 다른 이름은 유예된 빛. 알 수 없는

*것에 대한 짙은 그리움과 외로움, 가파른 허기를 불러일으키*
*는 한 주먹 열매를 쥐고 그는 잠에서 깼다.*

　배고픔을 모르던 그에게 처음으로 허기가 찾아왔다. 허
기를 메우기 위해 갖고 있던 열매를 움켜 먹었다. 그것은
결코 줄지 않는 열매. 허기는 도처에 빽빽한 숲을 이루어
그를 막아섰다. 어깨에 구럭을 둘러멘 그는 허기의 숲을 뒤
졌다. 그에게 수에 대한 식별이 찾아오자 그가 부여한 모든
*이름들은 서서히 빛을 잃고 어두워져 갔다.*

6. 동굴

　어느 날, *숨은 동굴 깊숙이 잠든 슬픔을 발견했다.* 참을
수 없는 호기심으로 미동도 없이 잠든 거인의 눈썹을 만진
건, 그의 결정적 실수. 혹은 결정적 업적. 거인이 눈을 뜨자
그는 엉겁결에 돌을 들어 이마를 내리쳤다. *아아아, 돌이킬
수 없이 벌어진 슬픔의 입.* 핏방울이 동굴 곳곳에 튀어 헤
아릴 수 없는 슬픔이 증식되었다. 슬픔은 이제 그의 식량.
슬픔이 그를 양육했다. 슬픔은 그의 어미. 그의 DNA. 마침

내 몸져누울 그의 침상이 돼 주었다. 모든 주검의 머리맡에 멈춰 애도하는 인간의 굽은 등에는 이러한 동굴 속 과오에 대한 짐이 지워져 있다.

7. 철의 시대

　슬픔이 슬픔을 취하는 수렵시대가 왔다. 그날 이후, 슬픔이 양육한 숨의 후예들이 들짐승을 쫓다 놓치고 갈참나무 그늘 아래 쉬고 있을 때였다. 흙에 묻힌 무엇인가 검은 어깻죽지가 비어져 나와 있는 게 보였다. 그들은 칠 일 밤낮으로 그 컴컴한 존재를 끌어내었다. 불쑥 드러난 팔뚝, 불쑥 드러난 장딴지, 불쑥 드러난 성기, 광대뼈는 보기에 좋았다. 그들은 여전히 이름을 부여하는 존재. 그들이 찾아낸 두 번째 거인에게 검은 수호자 철(鐵)이라는 이름을 주었다. 침묵은 결국, 그의 위험한 상상 속에서 태어난 검은 거인을 감추는 데 실패했다. 그들은 거인의 기억을 깨워 칼과 창을 꺼냈다. 총포와 화포를 꺼내고 효율성을 꺼냈다. 국가를 꺼내고 론(論)을 꺼내고 종교를 꺼냈다. 제국을 꺼내고 대량 생산을 꺼내고 속도를 꺼내고 대량 학살을 꺼냈다. 일테면 피투성이 벌거벗은 불우를 꺼내고 말았다.

　우리 안의
　머나먼 광물.

　쇠는 새로운 말씀. 새로운 불멸. 영혼 없는 오르가즘을
선동했다. 세기의, 이 괄목할 총아의 속성은 찌르고 베고
찢고 나누고 각 뜨고 철저히 분별하는 것. 그들은 서로의
심장을 표적으로 눈부시게 진보된 금속시대를 일궈 냈다.
만나처럼 머리 위로 금속비가 쏟아졌다. 돌이킬 수 없이, 그
들은 이제 맹인금속인간이 되어 갔다. 언제라도 발기해 있
는 철의 성기를 가진 사나운 종. 철의 갈보들. 쇠 냄새에 굶
주려 쉿내 나는 빵을 뜯었다. 덜컥거리는 쇠붙이 혀로 쇠
의 말을 지껄였다. 멈춰지지 않는 광란의 무쇠 구두를 신
고 어디로든 가야 했다. 이봐요, 철제 니캅과 철갑 드레스
로 성장한 나의 아가씨, 오늘 밤 죽음의 무도회에 부디 나
와 줘.

## 8. 인간이라는 상형

*나는 살고 싶다. 나는 외쳤다. 나는 살고 싶다, 나는…… 살고…… 싶다.*

말들의 디아스포라, 외딴 막사였다. 누군가 침묵을 질경거리며 녹슨 칼을 집어 들었다. 주홍빛 수의가 무릎 꿇리고 턱이 들렸다. *이것은 비극의 완성된 자세.* 턱 밑에 칼날이 들이밀어졌다. 공포는 죽음으로 환전되고 말았다. 더운 오줌이 무력하게 몸을 빠져나갔다. 슬픈 정액이 흘렀다. 가려진 눈…… 세계라는 대형 화면을 기이한 실루엣 하나가 천천히, 영원의 속도로 기울어지고…… 온몸에 캄캄한 비명이 번졌다. 돌이킬 수 없이 벌어진 입, 검붉은 깊이에서 참혹한 서른네 살의 역사가 뭉클뭉클 흘러내렸다. *나는…… 살고…… 싶다.* 분절, 분절, 피 묻은 절규가 새어 나오는 환청의 땅. 얼굴을 묻었다. *인간이라는, 피에 젖은 상형이 흙바닥에 새겨지는 순간이었다.*

죽음이 창궐하는 계절이다. 잠 속에까지 핏물이 흘러드

는 살육의 시대, *검은 제의의 사제들이 기나긴 연도를 읊조린다. 청동 향로를 흔들며 밤의 공동 묘역을 지나간다. 미제레레 메이……* 눈물로 지은 외투를 던져라. 묘역의 배후는 검은 밤바다. 검은 난민들이 검은 아기들을 안고 업고 걸리고 물 위를 떠돈다. 침묵의 대성당 지하엔 뒹구는 말들의 유골. 빛이 싹트는 동쪽은 어디인가. 장미 정원은 살해됐고 나침반이 없다.

## 9. 아기들의 울음

이곳은 누구의 사나운 꿈속일까. 2015년 9월 2일. 터키의 한 해변. *어린 인류, 알란 쿠르디는 차가운 모래톱에 뺨을 묻고 긴 잠에 들었다.* 아기는 단지 침묵에 든 듯 평온해 보였으나, 평온의 다른 얼굴은 무서운 슬픔이다.

식탁 한가운데, 어린 거위의 간이 파들파들 꽃처럼 떨고 있는 세계의 아침. 해안으로 어린 익사체 한 구가 떠밀려 왔다. 해변의 일 인 무언극에 내보내진, 파란 반바지의 나이는 세 살. 관객들의 눈이 일제히 해안으로 쏠렸다. *어린*

익사자의 벌어진 입으로 흘러든 모래 한 줌이 관객들의 목젖을 쓸고 심장에서 소용돌이쳐 늑골 아래 쌓인다. 무대를 바라보던 관객들의 피가 급격히 어두워진다. 슬픔의 현이 건드려진다. 인간의 심연 속에 맑게 깨어 흔들리는 한 줄 연둣빛 선율. 공동으로 낳아 공동으로 *내다 버린* 아기들의 울음이 공동의 자궁 내벽을 두드리고 지나갔다. 무수한 눈동자들이 동시에 뜨거워졌다. 그날의 해변만큼은 비극에 대한 열린 결말을 위한 무대라고 믿고 싶었다.

*어떤 천사들은 날카롭게 울부짖는 계절풍을 타고 와 밤의 해변에 착지한다. 해변에 앉아 더듬더듬 파도와 파도를 잇대 자장가를 깁는다. 달빛 아래, 죽은 아기들에게 들려줄 자장가를 깁는 천사들을 내려놓고 바람은 또 어디로 갔을까.*

10. 가장 우주적 일기

수평선을 인화하면 희게 난반사된 거대한 *침묵의 나신*이 드러났다. 침묵은 완벽한 카오스라고 P가 말했다. 침묵을 바라보는 저마다의 생각은 슬픈 난센스. 가장 우주적 일기인 시월 어느 날의 오후 세 시. *그날, 상상할 수도 없이 면 그곳의 날씨 또한 그러했다.* 해수면을 구르는 무수한 물방울의 유희, 투명한 명랑과 반짝임이 쉼 없이 튀어 오르는 그곳에 운문인 동시에 산문인 바람의 문장이 날카롭게 빛나고 있었다.

카오스의 검은 영혼들이 산책 중인 해무 깔린 바닷가. 앉거나 선 검은 기암이 있는 어떤 풍경은 카오스의 물질성이 융기해 있다는 생각을 불러일으킨다.

11. 오늘의 눈송이가 불어오는 곳

11월의 일몰, 해쓱한 잔광을 받으며 멈칫멈칫 사흘나비 간다. 나비의 위태로운 날갯짓을 손바닥에 받친 바람이 간다. *태초의 꿈으로부터 시작된 한 줄, 기나긴 문장이 이 거리를 흐른다.* 문장은 끝내 완성되지 않을 것이다. 머잖아…… 우리가 저마다의 배역에 열중해 있을 때, 무대 전면으로 거짓말처럼 자줏빛 엔딩 커튼은 내려질 것이다.

그곳은 그러나 여전히, *오늘의 눈송이가 불어오는 곳*. 이곳의 벌개미취는 *그곳의 벌개미취*. *침묵의 방주 속으로 오늘의 꽃과 별과…… 어린 길짐승과 날짐승, 명상삼매에 든 연두색 배추애벌레와…… 펼쳐지는 흰 해안과 헤적이는 물소리…… 물밑, 검은 고래 떼의 조용한 이동, 그리고 풀밭에서 원무를 그리는 사람들*이 들어선다. 당부하길, *그대의 이구아나를 위해서라도 그대는 행복한 사람이기를.*

## 12. 에필로그·기록하는 자

*인류라는 눈부신 결함이, 위대한 비애가 기숙하는 별.* 위독한 별의 새벽에는 그러나 어김없이 종이 울고 점점이 촛불이 켜진다. 펄럭이는 촛불 아래는 기도를 품은 사람들이 둘러앉는다. 그들은 다른 영역에 꽃을 피우는 이종.

다시, 열린 결말이라 쓰는 밤. 난핵처럼 단단한 어둠의 복판엔 집약된 길들의 신경망. 어둠 속엔 질문이 부화 중이고 *아직 태어나지 않은 길들의 모든 방향이 있다.* 울음이 있다. 울음의 수로를 따라 방금, 누군가 떠났다. 떠난 그 길로 누군가, 아주 작은 사람이 손톱만 한 거룻배를 타고 도착했다. 그는 단지, *사는 일의 불가해를 경험하러* 온 인류의 일원. 문밖에 멈췄던 바람은 푸들푸들 뛰어서 또 어디로 가나.

* 호르헤 루이스 보르헤스, 송병선 옮김, 『칠일 밤』(현대문학, 2004년).

# 섭리의 뼈와 살, 소립자(素粒子)의 거처

조재룡(문학평론가)

## 책─고독의 환한 순간

시간도, 형체도, 공간도 없는 어딘가에서 기습하듯 여기로 밀려들고, 어느새 고독의 질료가 되어, 이 세상 곳곳에 스며든 순간들을 문자로 포획하려 시도한 사투의 흔적들이 지금 우리 앞에 펼쳐져 있다. 시인은 사물, 사람, 동물, 자연뿐만 아니라, 구성의 산물로 이 모든 것들이 배치되어 결국 이 세계에 주어지는 것, 그것들이 서로 접점을 이루며 생겨나는 활동이나 그 활동 전반을 아우르는 역사, 그러니까 이것들을 담아 낸 한순간의 풍경 앞에서도, 사유가 발생하는 지점을 파고들고, 거기에 작은 '문'을 달아 흘러나오는 말을 받아 적는다. 이 작업은 어둠 속에서 홀로 두려움에 맞서는 것처럼, 대부분 고독할 뿐만 아니라, 고독의 시간으로 가득하며, 어쩌면 고독한 순간에 대한 순결한 기록으로 채워지는 것으로 보인다. 그러나 한편으로 그것은, 왼손에 항용 쥐고 있는 책, 지금 — 여기, 두 손으로 받쳐 들고 내내 제 시선을 떼지 못한 채, "읽다가 한 페이지를 깊숙이 접게 되는 거기"(「함박눈이 내리기 때문입니다」)에 시인이 자주 눈길을 뺏기고 또한 골몰하면서, 새벽을 조금 더 견디고, 저 눈부신 미지의 하늘을 다시 두드려 열릴 것만 같은 컴컴한 역설의 순간을, 서성거리며, 문자로 그러모으고, "검은 탕약처럼 엎질러져 있는" "한 단락 문장"으로 비끄러맨 결과이기도 하다.

신의 폐허와 신생이 번갈아 출몰하는,

고대인의 깨진 잠에서 빠져나온 그림자들이 도서관 열람실을

치렁치렁 배회하는, 혹간 그들의 어둑한 음성이 들려오는,

늙은 수학자의 호주머니에 뒤척이는 에우클레이데스의 돌멩이와

양서류와 식물들의 혼이 일렁이는 허수의 꿈을,

사막수도원의 긴 회랑이 소실점 바깥으로 하염없이 이어지는,

폐가의 마룻장에 내려앉은 먼지와 이제 막 도착한 햇살을,

그곳, 깨어진 창유리에도 어김없이 분배되는 아침과 저녁을,

테두리도 중심도 시제도 없는 대평원의 흑암을,
그곳에서 발송된 봄날 아지랑이 아련한 흔들림을,
한 송이 꽃을, 꽃 속에 부서지는 일만 파도를,

낱장으로 재단해서 차곡차곡 묶은 이것을 누가
책이라 했나

　　　　　　　　　　　　　──「페이지들」에서


죽은 필자의 영혼은 어떻게 시공을 되돌려 이곳, 익명의 독
자에게 돌아와
밤의 밀서를 건넨단 말인가.


백 년과 백 년 사이, 별처럼 총총한 창문들.
그리운, 무수한 당신들이 창가에 있다.


수 세기 바깥 누군가가 한밤의 나를 따라한다. 읽던 책을
덮고
창유리에 이마를 댄다, 두 번, 마른기침을 하고 식탁으로
돌아와 유리컵에
물을 따라 마신다. 그의 등 뒤, 검은 유리창에
흰 눈송이의 소요가 떠오르다 가라앉는다.


마치 오늘 내가 배회하던 문장들의 혼령인 듯.

　온갖 책의, 이미 죽은 저자들의 영혼이 익명의 독자에게
은밀하게 보내는 "밤의 밀서"를 받아들고서, 시인은 이렇게,
역사에, 문명에, 사회에, 현실에, 하나씩, 하나씩, 숨결을 튼
다. 그는 이 숨결, 저 "책갈피에서 다섯 장의 침묵이 한꺼번
에 툭, 떨어"(「소환되는 비」)지며 풀려나온 순간을 기록한다.
그렇게 책에서 길어 올린 것, 페이지에서 솟구친 것으로
"그곳에서 당신이 보내온/ 신 포도주에 입술을 적시며" 시
인은 섭리의 뼈대를 세우고, 거기에 살점을 덧붙이면서, 검
은 타래처럼 풀어놓은 그 문장들 옆에 기대어, 내내 잠을
청한다. 이렇게 두 눈을 채 감지 않으면 미처 볼 수 없는 시
계(視界)를 투영하려 "고요에 집중"(「적(寂)」)하고, 고독을 직
시하며, 시인은 "홀로 타오르는 말"(「비망의 다른 형식」)을 침
묵하는 입술 사이로 흘려보내 비극을 발화하는 데 어렵게
합류한다. 그는 '신 — 폐허 — 신생 — 고대인'으로 이어지는
역사, 그러나 실로 불가해한 이 역사의 변환과 전환의 지점
들, 저 순간들을 책의 어느 페이지에선가 발견했을 것이다.
이 발견으로부터 시인은 "폐가의 마룻장에 내려앉은 먼지
와 이제 막 도착한 햇살"과 "어김없이 분배되는 아침과 저
녁"처럼, 우리가 결국 '섭리'라고 밖에 부를 수 없는, 이 세
계 — 인간 — 역사가 '존재하는 — 할' 문법을 구축하려는
시도를 탄생시키며, "테두리도 중심도 시제도 없는" 저 기

원을 생각하고, 제 말로 생각의 틀을 채우면서, 책과 책을 "배회하던 문장들의 혼령"을 붙들어 고독과 비애의 순간들을 담아내는 일에 열중한다.


## 섭리의 뼈와 살

그런데 섭리는 무엇인가? 조정인에게 '섭리(攝理, Vorsehung)'는 "사랑으로 가득 찬 전지전능한 신이 세계의 생기사건들을 '관장하는(vorsehen)' 것, 즉 신이 세계를 인류의 구원을 향해 인간을 대신하여 정연하게 다스리는 것"이라는 의미를 갖는다기 보다는, 오히려 "초월적인 신이 높은 곳에서 세계를 지배하는 것이 아니라 세계에 내재하는 신이 세계사 속에서 자기를 실현하는"* 방식과 그 양태에 조금 더 가까운 것으로 보인다. 그것은, 이를테면, "그노시스 검은 수단자락이 그믐달을 스치고 지날 때"(「습(褶)」), 혹은 "하루라는 대형 전광판에 실시간 명멸하는 실수에 대한 믿음과 의혹 사이"에조차 개입하고야 마는 '신비와 경이를 아는 지식─지혜'와도 같다고 하겠으며, 경험될 뿐 스스로 존재를 증명하지 않는 신이, 오로지 당도한다는 저 불가능

---

\* 마쓰이 요시카즈, 「섭리攝理[Vorsehung]」, 『헤겔사전』(가토 히사다케 외, 이신철 옮김), 도서출판 b, 2009, 195-196쪽.

의 가능성 속에서 잠시 체현되는 눈부신 순간에 대한 깨달음이기도 하다. 그것은 혼자 덩그러니 놓인 방의 침묵에서 흘러나오는 어둠과 공포의 목소리이거나 "한 줄 문장이 잠의 베일을 걷고 나를 바라"(「책이 왔다」)볼 때, 그렇게 "맑은 금빛으로" 어느새 "문장"이 타오르기 시작하는 순간에 사방에 번져 나간 모종의 감정이자 그 흔적들이며, "진흙에 피를 이겨 쓴 한 줄 문장을/ 통과하는 캄캄한 시간"(「진흙은 아프다」)을 통과해 빚어지는 내면의 한없이 깊은 곳, 마음의 진실이 잠시 열려, 불꽃같이 터 오는 하얀 새벽의 울음과도 같다고 하겠지만, 자주 구체성을 갖고 기록되기도 한다.

　　나무의 내륙으로 물 들어오는 소리 아득한 잔설의 날들을 지나
　　기억의 잠복기를 마친 나무의 미열을 누군가 꽃이라 했다 우레의
　　마른 울음이 꽃눈에 닿기 직전, 날개를 퍼덕여 착지한 흰빛에서 태어나
　　점차 분홍으로 접어든 시간을 벚꽃이라 했다
　　　　　　　　　　　　　　　　　　　　—「나무가 오고 있다」에서

　　염료를 구하러 온 눈먼 염색공
　　수런거리는 어스름 속으로 나는 스며들어

차가운 촛농이 발등에 떨어지네, 모든 색들의 불꽃은 메아
리로 흩어져라

가늘게 떠도는 한숨, 흰빛만 남아


손끝에 만져지는

고요를 사른 보드라운 재


색과 소리, 모든 몸짓과 말의 바탕이던


당신이 두고 간 마지막, 텅 빈 색을 상자에 담아 왔네

　　　　　　　　　　　　　　　　　──「무성한 북쪽」에서


　　　　　　　　　유리잔이 금 가는 소릴 낼 때, 유리의 일이

　　　　　　　　　　　　　　　　　　나는 아팠으므로


이마에서 콧날을 지나 사선으로 금이 그어지며 우주에 얼
굴이 생겼다 그것은 이미 시작되고 있던 일


그의 무심이 정면으로 날아든 돌멩이 같던 날, 내가 감당할
수 없는 뜨거운 물이 부어지며 길게 금 가는 유리잔이던 날


그곳으로부터 시작된 질문: 영혼은 찢어지는 물성인가 금

가고 깨어지는 물성인가 하는 물음 사이

(……)

나에게 붉은 손바닥이 생길 때 우주에는 무슨 일이 생기는 걸까

12월로 이동한 구름들이 연일 함박눈을 쏟아 냈다 유리병 가득 눈송이를 담은 나는 자욱한 눈발을 헤치고 백 년 너머, 눈에 묻힌 우체국 낡은 문을 밀었다 창구에는 표정 없는 설인 들이 앉았는데

*나에게는 달리 찾는 주소가 없고 우주는 하얗게 휘발 중이다*
　　　　　　　　　　　　　　　　—「백 년 너머, 우체국」에서

누군가 "꽃"이라 하고, 누군가 "벚꽃"이라고 지금 부르고 있는 이름, 그것은 인간이 어느 시점에서 이 대상—식물을 명명한 결과 생겨난 공동체의 약속이자 사회적 협약이다. 그러나 그것은 "아득한 잔설의 날들을 지나/ 기억의 잠복 기를 마친 나무의 미열"이나 "우레의/ 마른 울음이 꽃눈에 닿기 직전, 날개를 퍼덕여 착지한 흰빛에서 태어나/ 점차 분홍으로 접어든 시간"으로 정의되는 것처럼, 태초의 기억 을 머금고 지금—여기 현실에 '존재하는' "꽃"이자 "벚꽃"이

기도 하다. 시인은, 바로 이와 같은 방식으로, '섭리'에 글의 무늬를 새겨 넣고 언어의 옷을 입힌다. 신을 배제할 수 없는 섭리, 자연과 사물, 인간, 그 존재의 비의와 신비, 비극과 역사, 그 근원과 이치는, 그러나 알 길 없는 신의 저 증명 불가능함이나, 불가지론에 의탁하여 형이상학의 탑을 하나씩 쌓는 방향으로 제안되기 보다는, 사유를 극한점까지 끌어올릴 때 열리는 어느 순간의 의문("나에게 붉은 손바닥이 생길 때 우주에는 무슨 일이 생기는 걸까")을 주렁주렁 달고서, 가까스로 미지가 그 형태를 가질 퍼즐("우주는 *하얗게 휘발 중이다*")처럼, 지금—여기의 풍경에서 찾아 맞춰 나가는 말들, 그 언어들로 우리를 찾아온다. 이처럼 "말의 발원지로부터 떠나온/ 낮고 낮은 음성이/ 흥건하게 고이는/ 이상한 한낮"(「정육」)의 체험은 시인에게는 "망각 속으로 흘러든/ 기억의 회로를 제 몸에 새기는 일"(「나무가 오고 있다」)과 다르지 않으며, 그렇게 "부재를 제곱하면 무성해지는 당신"(「무성한 북쪽」)이 도래할 순간에 헌정된 문장들로 시인은 섭리의 문법을 궁굴리는 고독한 여정에 참여한다.

물의 혼령들이 어슬렁거리는 새벽 나는 나에게서 유실되어 둑길을 흘러갔다

대기가 팽창했다 분사된 젖의 미립자, 안개 너머에서 폐활량을 키우는 저수지 심박 소리가 들려왔다 젖의 유충이 눈썹

과 머리칼, 귓바퀴와 목덜미를 하얗게 더듬어 왔다

안개는 천 겹 베일을 둘러 주며 입속말을 흘렸다 나는 너
의 애초의 입자 너의 정직한 총체, 너를 바라보는 텅 빈 눈동
자……

(……)

흩어진 신전에 관한 풍문

내 혈관에는 안개 포자가 서식중이다 나는 안개주의자 안
개에 편향적이며 안개에 위독하다 안개에 몰입한다 어느 날
나는 알비노에 편입될 것이다
　　　　　　　　　　　　　　　　　──「알비노 보호구역」에서

어둠의 미열을 따라가면 어디쯤 나의 탐스런 원죄가 주렁주
렁
　매달려 있을 라임 한 그루.

(……)

금기와 위반이 창궐하는 계절, 입술을 비집고 박하보다 환
하게 수유되는

꽃잎, 꽃잎, 꽃잎…… 이것은 언어로만 감각하는 신의 육
체성.

이마에 죄 혹은 신의 얼룩을 묻히고 들어선 나의 집, 정적
으로 세운
북벽. 거울 속에 까만 밤이 아프게 창문을 닦고 있다.
　　　　　　　　　　　　　　　　　—「위반의 밤」에서

세계는 더 작게 분할될 수 없는 독립된 개체, 무한한 소
립자들로 이루어졌으며, 이 각각이 전체 우주를 표현한다.
나는 어쩌면 나에서 벗어나 "조난" 중인 피조물일지도 모른
다. 그것은 마치 안개의 입자와도 같을 것이다. 안개는 "너
의 애초의 입자 너의 정직한 총체"라고 시인에게 신호를 보
내온다. 그러니까, 모든 것은, 태초, 저 기원, 일자(一者)에
서 비롯된 소립자일 것이며, 애초 "거기서는 누구도 이방인
이 아니"었던, 일자 — 하나("안개 구역에는 귀가 순한 알비노
들이 모여 살았다", 「알비노 보호구역」)에 속하거나 근본적으
로 일자 — 하나였던 무리, 그러니까 태초의 일원이었다. 이
러한 세계에서 모든 것은 신이 예정한 조화에 따라 조율될
것이다. 시인은 물질과 영혼의 연속성, 정지와 운동 사이에
단절이 아니라, 연속이 있다고 믿는다. 이 세계는 한창, 힘
이 작용하고 작은 요소들이 서로 결합하는 중이다. 안개의
입자 안에도, 한 개인 안에도, 매번 다르게, 다른 모습으

로, 그러니까 고유한 방식으로 축약된 온 우주가 들어 있다. 소립자에 편재하는 신성(神聖)을 시인은 안개에 빗대어 "흩어진 신전에 관한 풍문"이라고 비유하고, "꽃잎, 꽃잎, 꽃잎…… 이것은 언어로만 감각하는 신의 육체성"이라고 말한다. 모든 개체, 모든 생명, 모든 존재 사이, 그러니까 "종(種)의 건반과 건반 사이, 휴면과 활성 사이, 질료들의 검은 블록과 흰 블록 사이"(「검은 시간 흰 시간」)에 푸들거리며 떨고 있는 "시간의 림프액"을 측정하는 일이 이렇게 가능성을 타진하는 문장들과 함께 우리를 찾아온다. "거대한 아버지의 희미한 기억으로부터 불어온 나의 상심한 애인들"(「기념하는 사람들」)의 안부를 묻고, 저 필멸자의 운명, 그들 "재의 꽃잎들"에 감정을 입히는 일은, 섭리의 윤곽을 그리는 동시에, 일자라는 기원에서 쏟아져 나온 인간의 핏자국을 확인하고, 스스로 피를 뒤집어쓰고 살아가야 하는 자의 비극과 운명, 결국 무(無)로 되돌아갈 자들의 저 먼 곳의 거처를 사유의 반열에 올려놓는다.


## 사과―섭리의 알 수 없음


조정인은 일찍이 사과 하나, 사과나무 한 그루를 보면서, 벌써 그 "뿌리 밑에 스며 있"(「사과 따기」)는 "신의 의중"을 쫓으며, 신의 "의중이 재채기처럼 튀어나가 주렁주렁 나무의 문전성시를 이루"는 과정에 주목한 시인이었다. "자신의 창조와 피조를 동시에 견디는"(「하느님의 오후」) 조물주에 관해, 삶의 신비하고 비극적인 역학과 섭리에 관해, 그저 사과 한 알의 삶과 사과의 기억으로 깊숙이 파고들어 가려 했던, 오래 전에, 그 누구도 내딛지 않은, 섭리의 문법을 고안하면서 역설적으로 존재의 탐구에 발을 내디딘 시인이었다. 홍옥 하나를 살그머니 쥐고서, 그는 이 흔한 과실이 "향기로운 소멸"의 길로 접어드는 추이를 주시하고, 이 홍옥을 구성하는 "구석구석 원소의 메아리"를 들으려 시도하고 그 결과를 기술하려 하면서, 홍옥의 기원이라 할 저 "씨방"의 기억을 더듬어 나갔다. 그렇게 사과의 섭리에 입을 달아 준 다음에야 그는 "씨방"의 또 한 꺼풀 기원인 '씨'("C", 「홍옥」*)와 비로소 결별을 할 수 있다고 적어 놓았다. 조정인은 그 누구보다도 일자 — 하나님 — 신에서 비롯된 인과성의 총체로 섭리에 말의 무늬를 입혀, 그것을 머금고 난 다음, 다시 삶에서 꺼내는 일을 감행한 바 있다.

사과가 떨어지는 건 이오니아식 죽음. 경쾌하고 정교한 질서 속의 일.

닿을 수 없는 두 입술의 희미한 갈망으로 지상에 먼저 발

* 조정인, 『장미의 내용』, 창작과비평사, 2011, 각각 12, 14, 29쪽.

을 디딘 사과의 그림자가 사과를 받쳐 주었다. 그림자의 출현은 태양과 사물간의 밀약에 천사가 개입하는 것.

낙과가 취하는 적나라한 현재가 당신 홍채에 걸쳐지며 무력무럭 시제가 발생했다. 미분된 현재들의 악보, 눈을 감았다. 눈꺼풀 위로 별들의 광휘를 거느리고 떨어진 신의 손수건.

빛과 그늘의 기하 공구로 제도된 전과 후라는 시차의 평면 도형이 얼굴에 펼쳐지자 우주 속, 단 하나의 장면이 이루어졌다. 뺨을 타고 눈물이 흘렀다. 오후 3시의 엷은 얼룩이 어른거리는 왼뺨. 이것은 당신의 의지인가? 눈물 제조자는 이미 행방이 묘연했다.

적막 속에서 적막이 확장되었다. 이 알 수 없는 깊이와 너비를 세계라고 한다. 호젓하게 낮게…… 휘파람이 새어나왔다. *바람이 모든 시차의 곡면을 밀며 머리칼을 흩날렸다. 사과는 자꾸 누가 흘리나.* 사과밭엔 붉게 상기된 사과들이 군악대처럼 붐볐다. 저것은 이오니아식 우주의 눈물방울들.

　　　　　　　　　　　　　　　　　　　—「행복한 눈물」


때가 되어 매달려 있는 사과나무에서 사과가 익어 지상으로 떨어지는 것은, 그러니까 일종의 섭리와 같다. 중력에는 사실 감정이 없다. 그러나 시인은 "이오니아" 양식으로 세워진 저 그리스 신전의 곧게 서 있는 기둥이 품은 위와 아래, 그러니까 땅에 버티고 선 직립의 군건함에 당도하기까지 첫 시선을 따라 기품 있게 하강하는 이미지에다가, 나무에서 떨어지는 사과를 하나로 포개어 놓는다. '사과가 떨어진다'는 섭리에 이렇게 감정이 새겨지고, 양식이 부여되며, 이유가 발견된다. "사과가 떨어지는 건" 이런 방식으로, 우아하고 섬세하며, 경쾌한 감정을 갖는다. 시인은 이를 "정교한 질서", 다시 말해, 누군가에 의해 기획된 의도의 소산이라고 말한다. 사과가 지상에 떨어져 그림자를 갖게 되는 것도 단순한 자연 현상은 아니다. 거기에는 "태양과 사물간의 밀약에 천사가 개입하는 것"과 같은, 그러니까 누군가의 손길이 닿아 있는, 조화로운 예정의 결과이자 의지가 서려 있다. "당신"의 시야에 사과의 낙하가 포착되는 순간, 사과는 드디어 '삶'을 갖는다. 아주 찰나의 순간이다. "당신 홍채에 걸쳐지"는 순간 빚어진 현상 덕분에, 무연(無緣)했던 이 양자가 서로 관계를 맺는다. 현실에서 발생한 이상, 이 '사건'은, 불가피하게, 시간을 가질 수밖에 없다. 그렇게 "무럭무럭 시제가 발생"하기 시작한다. "미분된 현재들의 악보"라고 표현한 것은, 사과가 떨어지는 모습이 스치듯 담긴 당신의 홍채를 시인이 바라보고 있기 때문이다. 서로 무관하던 사과와 당신, 서로 달랐던, 제 각각의 '현재', 그러니까 엄밀히 말하자면, 저 "현재들"에 존재했던, 사과와 당신의 접촉은 이렇게 아주 찰나에, 그러나 율동하듯 (서로가 서로에게서) 움직인다. "홍채"는 여기서 대상의 운동만을 피동적으로 포착한 신체의 기관이 아니라, 그 순간을 실현해 내는 아주 섬세한 순간의 망막, 움직임을 그려 보이는 악보와도 같다. 시인은 이제 눈을 감는다. "별들의 광휘를 거느리고 떨어진 신의 손수건"이, 이후, 펼쳐진다. 시간과 역사는 잠시, 아주 찰나의 시간에, 그러니까 이제 정지된다. 이 순간들의 시간을 무엇이라고 부를까? "빛과 그늘의 기하 공구로 제도된 전과 후라는 시차의 평면 도형"이 "정교한 질서"처럼 "얼굴에 펼쳐지자 우주 속 단 하나의 장면"은, 그러니까 아마 진리가 도래하는, 섭리가 잠시 도래하는 아주 짧은 순간이라고 해야 하지 않을까. 시인은 이 순간, "뺨을 타고 눈물이 흘렀다"고 말한다. 이제부터, 이 행위의 주체는 누구인가? 눈물을 흐르게 하는 저 뒤에 누구의 의지가 자리하는가? 세계는, 행위는, 나 — 사물 — 대상 등의 모든 행위는 오로지 "당신의 의지"가 빚어낸 산물인가? 이 오묘한 질서의 근원은 무엇이며, 그 궁극점에는 무엇이 — 누가, 어떤 존재가 자리하는가? 이 모든 물음의 "행방이 묘연"하다. 그렇게, 물음은 대답을 손에 쥐게 하는 대신, 의문으로 남겨질 뿐이다. 그러나 중요한 것은 바로 이 '알 수 없음'이 남겨졌으며, 남겨진 '알 수 없음'이 이렇게 사유와 거래를 트기 시작하면서 "적막 속에서 적막이 확장"되듯 번져 간다는 데 있다. 세계는 바로 이러한 류의 '알 수 없음'으로 구성된 섭리들, 그것들의 "알 수 없는 깊이와 너비"로 이루어져 있다. 반복되는, 되돌아오는 의문, 그 대답을 '알 수 없는' 물음 하나. "*사과는 자꾸 누가 흘리나.*" 시인은 이제 빈손으로 남겨지지 않는다. 그의 손에 들려 있는 사과는, 시간을, 감정을, 역사를, 그러니까 삶을 갖는다.

사과는 사실 전적으로 서쪽입니다 사과 속에 화르르 넘어가는 석양, 석양에 물든 맛있는 책장들 산산이 부서지는 새 떼 산소통이 넘어지고 쏟아지는 바람 호루라기 소리 길게, 길게 풀리는 붕대 그리고 구토, 촛불이 타오르는 유리창 당신의 우는 얼굴이 엎질러집니다 시렵이 흐르는 접시들을 누가 난장으로 던집니까 안개의 표정으로 몽롱해지는, 긴 손가락 사이 담배 연기 욕조 속의 정사는 어땠습니까 여자의 검정 유두에 묻은 흰 구름이 정오를 지나갑니다 뒹굴뒹굴 북회귀선을 넘어가는 태양의 휠체어 인류라는 무정형의 얼굴에 던져진 원죄의 돌멩이 픽! 칼날이 지나가는 북반구 당신은 여전히 한 입 베어 먹은 사과를 선호합니까? 사과 아닌 사과도 없지만 사과인 사과는 더욱 없지요 서쪽 아닌 서쪽도 없지만 서쪽인 서쪽은 더욱 없는 것처럼 봉쇄된 우물…… 적막이지요. 온몸이 커튼인 깜깜한 밤이 저기 옵니다 덜컥이는 틀니 아니, 사과 얼마죠?
— 「사과 얼마예요」

조정인에게 사과는 생(生)과 사(死)의 소실점과 같은 것이다. 사과를 중심으로 세계의 풍경들이 배치된다. 새가 날개를 펼쳐 하늘을 날고, 책장이 우연히 부서지고, 호루라기 소리, 길게 들리고, 붕대가 휴지 타래처럼 너풀거리며 풀려 난다. 사과가 이러한 삶을 정확히 꿰뚫고 있는 것은 이 모 든 행위와 하나로 포개어지기 때문이다. 사과는 이렇게, 보 고, 듣고, 표현하고, 묘사하는 중심, 그 핵, 씨앗, 기원이 되 어, 고유한 삶을 갖는다. "인류라는 무정형의 얼굴에 던져 진 원죄의 돌멩이 퍽!", 여기서 날아온다. 사과는 사과가 아 닌 적이 없지만, 사과만은 아니다. 그것은 살고 늙고 죽고, 그러면서 자기 몫이 정해지지 않은 주검처럼, 말을 할 수 없는, 말로 표현될 수 없는, 혹은 알 수 없는, 꼬리를 물고 늘어선 질문과 물음의 타래들과 하나로 엉겨 존재한다. 이 '알 수 없는' 섭리와도 같은 것, 저 섭리에 말의 무늬를 입 혀, 그것을 머금고 있는 대상의 적막과 침묵을 시인은 이 렇게 끄집어낸다. 사과를 따라 시인이 "봉쇄된 우물…… 적 막"에 당도한다고 표현한 것은 바로 이 때문이다. 먼 곳의 거처가 이렇게 이 세계에 편재하는 동시에 순간과 순간의 조각물처럼, 이음새처럼, 시인의 입술에서 흘러나와, 이접된 사건들처럼, '알 수 없음'의 기원처럼 현실에서 펼쳐진다.

　　감은 눈 속으로 물이랑이 밀려든다. 물가에서 그는 그를 넘 어선다. 확장된다. 마음의 발생이여. 이것은 누구의 돌연한 개 입인가. 망자의, 허공을 응시하는 눈동자가 산 자의 눈동자 속 으로 뜨겁게 들어왔다. ─ *나는 지금 네가 아프다.* 그는 y의 눈꺼풀을 느리게 감겼다. 아니, 그의 눈꺼풀을 쓸었다. 손바닥 가득 타인의 눈꺼풀이 들어왔다. *세계의 재배열이 이루어지는 느린 순간이었다.*

—「Angel in us」에서

섭리의 '알 수 없음'의 순간을 조정인은 "*세계의 재배열이 이루어지는 순간*"이라고 부른다. "이것은 누구의 돌연한 개입인가"는 물음이지만 따라서 물음이 아니다. "모과"(「모과의 위치」)도 마찬가지다. "한 덩어리 의혹을 내밀며" 저기 존재하는 "모과"는 "사물이 지닌 기쁨의 흘수선 위에서 파드득 치고 날아오르는 조무래기 천사"와 이별을 한다. 이별후, "지층의 그늘을 표면으로 다 우려낸 지상의 마지막 얼굴 같은 모과"가 남겨진다. 새는 날아가고, 소음은 제거된다. 고요하다. 사방이 정적에 사로잡혀 있다. 모과 몇 덩어리가 있을 뿐이다. "한 고요가 한 고요에게 건너오는 이 수평적 평온은 어디서 오나"와 같은 이 물음은 그러니까 '알수 없는' 섭리에 관한 것이다.

## 바벨 이후

한 줄 문장이 잠의 베일을 걷고 나를 바라보았다. 문장은 맑은 금빛으로

타오르기 시작했다. 그것은 창세기보다 먼, 어느 망각기의 들판에

내가 흘리고 온 언어의 꽃가지.

(……)

고독의 흰 목을 드러내는 방식으로 신은 말을 발명했다. 그의 떨리는 성대에서 싹튼

첫, 발성으로부터 말은 나를 꿈꾸고 예감하고 나를 수소문해 오고

있었다. 누구라도, 세상이 같은 말을 쓰던 단순하고 아름다운 기원에서 온

빛의 낱말들을 쓰는 시절이 있지만 이내, 언어의 슬픈 살점들이 고함을 치며

모였다가 흩어지는 바벨의 붕괴를 맞게 된다.

—「책이 왔다」에서

"책"은 이 붕괴 이후의 언어이며, 붕괴 이후, 떠돌아다니며 흩어진 그 언어의 가짓수만큼이나 "고립이 참혹한 인간"이 "발명"한 것이다. 책은 "쓰는 자들의 불면과 불면에서 뻗어 나온 움직이는 뿌리 같은/ 열 손가락의 열애"의 산물이다. 시집의 마지막에 배치한 장시 「그날, 상상할 수도 없이 먼 그곳의 날씨와 어린 익사자의 벌어진 입에 대한 서

사」*에서 조정인은 신에게서 비롯된 인과성의 총체인 이 세계 — 역사를 인류사적으로 그려낸다. 성서와 역사라는 '문맥의 이중화'는 '섭리'와 이 섭리의 '알 수 없음'의 인유로 가득 채워진다. 그 중심에 필경, 창세기의 신화를 품고 있지만, 이외에 창조의 신화들을 인유의 산물로 전환해 내며, 작품은 '병치적 융합'의 절정을 보여준다. 에덴에서 '선악과'를 취한 후, 인간이 주체적으로 의식하고 판단하는 존재가 된 계기를 담고 있는 대목을 살펴보자.

*침묵이 그토록 오래 꿈꾸어 온 그.* 침묵이 포갰던 입술을 떼자, 그가 천천히 눈을 떴다. 그는 소년을 막 벗어난 앳된 사내인 채 흙에서 깨어났다. *그가 깨어남으로 세계는 비로소 완성되었다.* 침묵은 그를 '나의 숨, 나의 말'이라 불렀다. 숨은 침묵의 첫 발설. 흙에서 소출된 것들에 붙여진 첫 이름. 빛에 대한 기억의 밀물이 그를 발끝부터 적셔 왔다. *그런데 대체, 여기는 어디인가?*

둘러보렴, 숨. 저 높은 궁륭을 무엇이라 했더냐? *침묵*이 물었다. 흙이 꽃을 기억해 내고 꽃을 내놓듯 그가 *하늘……* 이라 대답했다. 숨의 입속엔 말들의 씨앗이 물려 있었다. *침묵*은

* 조재룡, 「바벨의 후예, 비애의 기원」(『한 줌의 시』, 문학과지성사, 2016, 557-573쪽)에서 일부를 참조하였다.

그가 명명하는 것들의 이름을 가슴에 새겼다. 때가 익어 이름에 맞춤한 형상을 준비한 씨앗들은 저마다 호명을 기다렸다. *하늘, 그것은 봉인된 빛에 대한 첫 발설. 말의 위임자인 그가 호명한 백양나무는 백양나무라는 기억의 은빛 날개를 퍼덕여* 곧장 백양나무에게로 날아 앉았다. 망각의 바위를 깨트리고 나온 사물들은 첫, 말의 빛으로 눈이 부셔 어쩔 줄을 몰랐다. 그는 고원과 사막, 목초지를 돌며 움직이는 '것들 — *Things*'을 일일이 방문했다. 방문을 받은 '것들'은 망각의 우리를 뛰쳐나와, 빛의 지시대로 이름을 얻어 뿔뿔이 흩어졌다. 사자, 라고 불리자 네 발을 활짝 펼쳐 우리를 뛰쳐나가는 수사자의 금빛 포효를 나는 잊을 수 없다. *일테면 그는 말의 사제. 깜깜한 사물들의 정수리를 내리치는 빛의 망치를 가진 자. 침묵의, 빛에 관한 음성적 상상은 이렇듯 하나하나 이루어지고 있었다. 침묵은 말의 거처.* 그곳에는 말이 없고 음성적 가능태만 있었으니, 이 모든 과정은 실은, 침묵이 스스로에게서 스스로를 호명하는 일이었다. 바람이 이 모든 일을 지켜보았다. 그것은 바람의 소임.

"침묵"은 신의 또 다른 이름일 것이며, "포갰던 입술을 떼자"는 신이 인간을 자신과 분리한 순간을 말하는 것이기도 하지만, 무에서 우주를 창조하는 요한복음의 첫 문장 "태초의 말씀이 있었다."와 다른 것은 아니다. 그렇게 해서 피조물인 "그가 천천히 눈을 떴다." 그에게는 "기억"이 생겨났고, 신은 문답으로 이 피조물에게 "하늘"이라고 대답하게 한다. 주위에 존재하는 사물을 명명하는 방법을 신은 몸소 인간에게 가르친다. 이렇게 해서 인간은 말을 할 줄 아는 존재가 된다. 피조물의 언어는 사물과 이 사물을 말하는 자의 생각(관념, 정신)을 직접 매개하는 성격을 지닌 언어일 것이다. 사물에 이름을 붙이는 순간, 사물이 '의미'의 세계로 안착하게 된 것은, 피조물이 구사하는 말에 "숨", 그러니까 신의 숨결이 담겨 있기 때문이다. 그것은 "이름에 맞춤한 형상을 준비한 씨앗들"이 애초에 담긴 사물이기에 "*말의 위임자인 그가* 호명한 백양나무는 백양나무라는 기억의 은빛날개를 퍼덕여 곧장 백양나무에게로 날아 앉"는다. 즉, 발화와 동시에 사물은 제 자리를 찾고 존재에 오롯한 의미를 부여받는다. "그"는 바벨이 붕괴된 이후 인간에게 주어진 소통이 불가능한 언어가 아니라, 아담의 언어, 말이 곧 진리인 언어의 소유자이다. 신이 인간을 가장 나중에 창조했다고 하는 것처럼, 발화되기 이전에 존재하고 있었던 세상의 사물들은, 이제 오로지 말로 인해, 명명한 자와 직접적인 관계를 맺게 되며, 그것을 시인은 "망각의 바위를 깨트리고 나온 사물들은 첫, 말의 빛으로 눈이 부셔 어쩔 줄을 몰랐다"라고 적는다. 인간은 이제 제 말로 의미를 부여받게 되는 이 세계를 "일일이 방문"했는데, 그가 호명하면 "망각의 우리를 뛰쳐"나오고, 명명된 세상의 존재들은 제 "빛의 지시대로 이름을 얻어 뿔뿔이 흩어졌다." 신에게서 탄생한 인간은 사물을 호명하면서 사물에 기억을 회복해주고 사물과의 주관적인 관계를 창조해 내는 신의 매개이다. 그는 아담의 언어를 구사하는 자, 오로지 "*말의 사제*"의 자격, 그러니까 애당초 언어로 신의 의지를, 신의 판단을, 그렇게 섭리를 세계에 매개하는 존재, 그럴 자격으로만 인간일 수 있는 존재이며, 조정인은 인간 — 언어 — 사물의 관계에 대한 이 성서적 해석을 "*깜깜한 사물들의 정수리를 내리치는 빛의 망치를 가진 자*"와 "사자, 라고 불리자 네 발을 활짝 펼쳐 우리를 뛰쳐나가는 수사자의 금빛 포효"라고 마무리한다.

숨이 다니는 길목에 매복해 있던, *우연이라는 때가 그늘에서 쉬고 있는 그에게로 다가왔다. 먹음직한 미혹을 내밀었다. 미혹의 과육을 한입 베어 문 숨은 깊은 잠에 빠져들었다. 잠의 지하 수로를 따라 그는 침묵이 거하는 신전에 들게 되었다. 미궁이라는 이름의 신전에서 그를 기다리던 침묵이 그에게 검은 열매를 건넸다. 그가 받아든 그것은 죽음. 다른 이름은 망각. 또 다른 이름은 유예된 빛. 알 수 없는 것에 대한 짙은 그리움과 외로움, 가파른 허기를 불러일으키는 한 주먹 열매를 쥐고* 그는 잠에서 깼다.

배고픔을 모르던 그에게 처음으로 허기가 찾아왔다. 허기를 메우기 위해 갖고 있던 열매를 움켜 먹었다. 그것은 결코 줄지 않는 열매. 허기는 도처에 **빽빽한** 숲을 이루어 그를 막아섰다. 어깨에 구럭을 둘러멘 그는 허기의 숲을 뒤졌다. 그에게 수에 대한 식별이 찾아오자 그가 부여한 모든 *이름들은 서서히 빛을 잃고 어두워져 갔다.*

인간은 "우연"에서 자유롭지 못하다. 그는 시간의 굴레에 갇힌 자다. 시간이 존재한다는 것은 인간이 생로병사의 부침 속에서 살아가게 되었다는 것을 의미한다. 계시의 말투와 비의를 기록하는 어법을 통해, 시에서 모든 것은 공교로운 사유의 대상으로 살아난다. 시인의 비유는 성서적이며, 구약은 물론, 요한복음이나 욥기에 그 맥이 닿아 있다. 성서적이라는 것은, 여기서, 깨달음을 고지하는 잠언의 문장과 부비트랩을 숨겨 놓은 것과 같은 상징체계의 활용을 통한 '문맥의 이중화' 속에서 시가 구동되고 있다는 것을 뜻한다. 가령, "깊은 잠에 *빠져들었다.*"처럼, 인간이 죽음을 인식하게 되었다는 사실에 대한 인유가 빈번하다. 가령, 죽음을 맞이할 수밖에 없는 삶을 경험적으로 터득하면서 인간이 "*침묵이 거하는 신전에 들게 되었다*"처럼, 태초에 인간이 떠나온 ― 추방당한, 신의 세계가 지금 ― 여기의 인간에게 반드시 출입이 금지된 곳은 아니라는 사실에 대한 암시가 그러하다. 나아가 신이 제게 건넨 "검은 열매"를 받아먹은 인간이 이 열매가 때가 되면 제 숨을 거두어 가려는 죽음의 통지서인지 알지 못하는 "망각"도 함께 취했다는 비유 역시 그렇다고 볼 수 있다.

필멸의 존재가 된 인간은 "허기"에 시달리며 매번 이 "검은 열매"를 반복해서 섭취하며, 죽음과 망각의 존재가 되어, "알 수 없는 것에 대한 짙은 그리움과 외로움"을 품은 채, 먹을 것을 구하기 위해 사냥을 해야 하는 운명을 살아내야 한다. 이후 인간은 "수에 대한 식별" 능력을 갖추게 되었다. 그러자 태초에 신의 의지에 따라 제가 이름을 부여한 세계의 모든 피조물들은 "서서히 빛을 잃고 어두워져 갔다." 태초에 수는 필요하지 않았을지도 모르며, 계산도, 따라서 욕망도 존재하지 않았을 것이다. 무한의 세계에서 내쫓겨 계산 능력을 갖춘 인간은 이제 시간 속의 세계를 살아야만 할 것이다. '수'를 필요로 하지 않는 곳 — 가닿을 수 없는 곳은 물론 신전(神殿)이다. 사물을 헤아리고 그 이치를 따지며, 눈에 보이지 않는 것을 헤아릴 수 있게 되면서 인류는 관념의 세계로 진입한다. 수의 세계는 사실, 날지 못하는 한 마리 잠자리를 들판에서 잡는 것만큼이나 간단해 보일지도 모른다. 그러나 바로 수의 세계에서 인간을 기다리는 것은 욕망이며, 욕망은 성취하거나 성취할 수 없음으로 인해, 인간을 감정의 화신으로 만들어 버린다. 수는 슬픔의 세계이기도 하다. 조정인은 인간이 이렇게 해서 "숨은 동굴 깊숙이에 잠든 슬픔"을 발견한다고 말한다. "슬픔은 그의 어미"이자 "그의 DNA"이며, "애도하는 인간"이 이렇게 탄생한다. 슬픔의 발견이 "결정적 실수. 혹은 결정적 업적"인것은, 감정을 느낄 수 있는 인간의 특성이 바로 이 "슬픔"에서 비롯되었기 때문이다.

시는 언어와 호명, 기억과 우연, 문명 속에서 인간에게 깃든 감정을 시적 모티브로 삼아, 인류사를 재구성하려는 듯, 사유의 주요 지점들을, 섭리의 지형을 비유를 통해 짚어 내며, 지금―여기 차가운 문명 속에서 살아가는 바벨의 후예의 눈에서 흘러나오는 비애를 포착한다. 전지적 시점에서 간혹 이탈하여 시에서 벌어지는 문명사적·비극적 행위를 직접 수행하는 화자의 자격으로 시인은 시의 내부로 파고든다. 실제 한국에서 벌어졌던 비극적 사건들이 이 이중화된 맥락 속에서 비극과 참혹을 쏟아낸다. "죽음이 창궐하는 계절"이 반복되며, "피에 젖은 상형이 흙바닥에 새겨지는 순간"을 쏟아내는 이곳, "인류라는 눈부신 결함이, 위대한 비애가 기숙하는 별"에도, 한 송이 꽃이 피고 질 것이다. 피고 지는 이 한 송이의 꽃에도 신의 섭리가 자리하지만, 그러나 우리는 이 '알 수 없음'의 그것을 잘 보지도, 느끼지도, 이해하지도 못한다. "세계라는 대형 화면"이 펼쳐진다. 여기에 어떤 진리가, 진리의 말이 우뚝해, 진리를 표상하고, 진실을 알려 주고, 비의를 드러내고, 비극의 원인과 존재의 이유를 넌지시 알려 주는, 그런 순간이 있어, 우리의 의구와 의혹에 답하는 구심점으로 우리를 하나로 불러 모으지 않는다. 오로지 "기이한 실루엣"만이 어른거리며, '알 수 없음'을 수행하는 섭리의 그림자만 덩그러니 주어질 뿐이다. 이 세계에서, 조정인은 *"태초의 꿈으로부터 시작된 한 줄"*을 붙잡아, "이 거리를 흐"르고 있는 저 섭리, 그 '알 수 없음'의 "기나긴 문장"을 쏘아 올리려, 삶을, 생을, 시간과 땀과 타자와 자신, 이 모든 것을 바친다.

지상의 어떤 종족은 살아서 제 장례를 치르고 살아서 제 고독의
　전면과 마주 선다, 살아서는 마칠 수 없는 머나먼 문장 앞에 선다
　　　　　　　　　　　　　　　　　─「해변의 수도승」에서

삶에 고여 있는 이 순간들, 섭리의 솟구침은, 너무나도 눈이 부셔, 차마 주시하는 게 가능하지 않은 하얀 극점과 같을 것이다. 그러니까 그것은 "신과 함께 늙었거나 매순간 다시 태어나는 색"(「그 많은/ 흰,」)이면서, "태어나면서 스스로의 빛에 찔려 눈이 머는 색"과 같거나 잴 수 없으며 미루어 짐작할 수 없는 그늘, 컴컴한 어둠에 불을 사르며, 사른 불꽃이 지는 순간처럼, 오히려 너무나 컴컴해서, 보았다고 해도, 그 사실조차 알아챌 수 없는, 오로지 시계를 지워 낸 자의 눈에만 포착되며, 오로지 시계를 벗어난 자에게만 그 드러남을 허용할지도 모른다. 시인은 "당신이 두고 간 마지막, 텅 빈 색"(「무성한 북쪽」)을 열고 들어가, "색과 소리, 모든 몸짓과 말의 바탕"이었던 언어의 시원을 매만지며, "염료

를 구하러 온 눈먼 염색공"이 되어, 매일, 그리고 매일 밤,
시를 고치고 또 고치면서, 죽음을 체험하는 문자를 깁고,
지독한 고독의 숨결에 새로운 문장을 불어넣는다. 시인은
이 문장이 "끝내 완성되지 않을 것"이라는 사실을 벌써 알
고 있다.

지은이  조정인

1998년 《창작과비평》으로 등단했다.
시집으로 『장미의 내용』, 『그리움이라는 짐승이 사는 움막』,
동시집으로 『새가 되고 싶은 양파』가 있다.

# 사과 얼마예요

1판 1쇄 찍음  2019년 6월 21일
1판 1쇄 펴냄  2019년 6월 28일

지은이  조정인
발행인  박근섭, 박상준
펴낸곳  (주)민음사

출판등록  1966. 5.19. (제16-490호)
서울특별시 강남구 도산대로1길 62(신사동)
강남출판문화센터 5층 (06027)
대표전화 02-515-2000 / 팩시밀리 02-515-2007
www.minumsa.com

ISBN 978-89-374-0877-9 04810
        978-89-374-0802-1 (세트)

* 2018년 서울문화재단 창작지원사업의 지원을 받았음을 밝힙니다.

민음의 시

**민음의 시
목록**